文春文庫

七人の安倍晴明

夢枕獏編著

文藝春秋

七人の安倍晴明☆目次

視《し》鬼《き》　9　高橋克彦
愛の陰陽師　53　田辺聖子
日本の風水地帯を行く——星と大地の不可思議——　63　荒俣　宏
晴明。——暁の星神——　95　加門七海

鬼を操り、鬼となった人びと 137 小松和彦 内藤正敏
三つの髑髏 173 澁澤龍彦
下衆法師《げすほうし》 197 夢枕 獏
解説 245 夢枕 獏

七人の安倍晴明

視《し》鬼《き》

☆高橋克彦

1

　永祚《えいそ》元年（九八九）。わずか七歳で践祚《せんそ》した一条《いちじよう》天皇が帝となって三年が過ぎたばかりの夏。幼帝ということに原因があったわけでもあるまいが、この年、国は大いなる不安に包まれていた。六月一日に東と西の空に対としか思えぬ箒星《ほうきぼし》が長い尾を曳きながら出現したのである。そもそも帝の即位によって永延《えいえん》と改元し、まだ三年も経たぬのに永祚と年号を改めたのも、この不気味な箒星の出現によるものであった。古来より箒星は凶事の前触れとされている。それが一つならまだしも二つも空に現われたからには、必ず異変が起きるとだれもが信じた。裏付けるように、改元後も怪事が続いた。一度姿を消した箒星は七月の下旬になって再び東西の空を焦《こ》がし、縦横無尽に空を飛んだ。鬼が雲間より顔を見せて娘たちをさらったという噂もあった。娘たちの体はいったん空に引き上げられ、かと思うと頭と腕と腹と足とがばらばらとなって地上に落とされた、あるいは牛が悲鳴を上げながら空を運ばれるのを見たという、信じられない話も広まった。しかし、それらはただの噂に過ぎない。検非違使《けびいし》がことの真偽を確かめるほどの事件にはならなかった。もっと現実的な被害が都を襲っていたのである。改元して五日目、未曾有の暴風のために内裏《だいり》の大門をはじめ、民家のことごとくが倒壊、または半倒壊の憂き目に遭い、賀茂川の堤防は決壊し、市中が水浸しとなり、都近隣の田畑は全滅した。下鴨社《しもがもしゃ》の神木が根こそぎ倒れたのも、この暴風のせいだった。見ていた者の話では、神木が倒れる際に、宿っていた神が星となって逃れて空に消えたと言う。下鴨社は内裏の崇敬する社《やしろ》だ。その社の神木から神が消えたということは、内裏が神に見放されたという意味にもなる。

人々の不安に乗じるように、巷《ちまた》には夜盗が徘徊した。半壊した壁や門では侵入する夜盗を防ぐ術《すべ》がない。検非違使も増大する夜盗にほとんど対処ができなくなった。かどわかされる娘の数は日毎に増え、水害が原因の疫病は抵抗力のない子供の命を奪い、都は無法地帯と化した。都を捨てて地方に逃れる公家たちの数も目立った。無人となった屋敷が夜盗の棲家に変わった。もはや、この事態に対応できるものは政《まつりごと》でも検非違使の武力でもなく、陰陽師《おんみょうじ》ただ一人であったのである。

「あの箒星は命を持っておる」

ピータン	2/1	アヒルに ム山の[illegible]《イモ》
ジュペッティ	4/19	まるでピエロ
ドングリ	5/7	どんぐりの背比べ
グミ	8/5	ポジティブ、シンキング
マール	9/25	ネコは三年の恩を三日で忘れる
ラムネ	3/27	火事場のネコぢから
ニコバン	1/1	ブタにしんじゅ
バーバラ	12/26	わざわいを転じて福となす
アポロ	7/4	能あるタカは爪を隠す

TOMONY

トモニー拝島駅店
東京都昭島市美堀町５丁目２１－２

電話：042-549-7912

領　収　証

2014年 3月18日（火）18:10

ＶＳデュオ１０　２０Ｐ　¥4,400
小　　計　　￥４，４００

…………………………………

合　　計　　¥4,400
（内消費税等　¥209）
お　預　り　¥4,500
お　　釣　¥100

ﾚｼﾞ 2-4497　　責No.003

胸まで垂れた白い顎鬚《あごひげ》を撫でながら、今年七十歳になる男は嘆息した。内裏よりの命を受け、近々に都安堵《あんど》の呪法を行なうべく、華頂山《かちようざん》の将軍塚の様子を確かめにきていた安倍晴明《あべのせいめい》であった。

将軍塚とは桓武《かんむ》天皇が平安遷都に際して、王城の守護のために八尺の土人形に鎧《よろい》を着せて埋めたことに由来する場所だ。もし都に異変の兆しあれば、この将軍塚が鳴動《めいどう》すると言い伝えられていた。現実に何度か鳴動した記録が諸書に残されている。安倍晴明が祈禱の前に将軍塚を訪れたのは、今の異変がどれほどのものか見極めるために他ならない。その上に、将軍塚からは都すべてを見渡すこともできる。

「命を持っておるとは?」

老師に随行した藤原道長《ふじわらのみちなが》は首を捻った。この年、まだ二十四の若さでありながら、父親兼家《かねいえ》が一条天皇の摂政となったことで、一躍権中納言《ごんのちゆうなごん》の地位を占めることとなった男である。藤原氏は本来鴨社と繋《つな》がりが強い。藤原の権勢が盛んな今、都安堵の祈禱も鴨社に属する賀茂《かも》氏に頼むのが当然なのに、対立する安倍氏に白羽の矢が立ったのは、やはり鴨社の神木の倒壊が原因している。神の見捨てた社に連なる陰陽師では心許ない。と、だれでもが思う。その大内裏の不安を退けてまで賀茂氏に祈禱を命じるほど藤原兼家は愚かではない。そういう計算から息子の道長の足を晴明の下へと運ばせたのである。

もっとも……晴明は内裏の陰陽寮に仕える身であった。だれが使者に立とうと内裏の命であれば従う。なのに兼家がわざわざ道長を派遣したのは、祈禱が成功した場合の布石も含まれていた。

「星に見えるが、星にはあらず」

晴明はそれ以上の説明はせずに屈《かが》むと将軍塚の土盛りに耳を押し付けた。

「星でなければ、何であると？」

丘の下に待つ郎党たちの灯りに心を鎮ませながら道長も屈んだ。この将軍塚には晴明の言い付けもあって道長しかいない。

「浮かばれぬ魂やも知れませぬ」

晴明は薄笑いをして道長を見据えた。

「それに……鴨社の神木が倒れしことを重ねれば、憚《はばか》りながら藤原さまにご関係の深き魂と拝察いたしまする」

「…………」

「祈禱をいたせば、恐らくその者が姿を現わすに違いありませぬが……」

「姿を見せて名乗ると申すか？」

青ざめた道長に晴明は頷《うなず》いた。

「失礼ながらお父君の摂政さまには、そのご勇気があられましょうかの。帝の命による呪法となれば左大臣、右大臣はもとより、参議の方々まで列席いたすならわし。その場に魂が出現いたして藤原さまご一族に祟《たた》りをなす者と名乗れば、果たしてどうなりまするか。帝の命とあればこの晴明、老体を鞭打ってでも悪霊と争う覚悟はございますが……」

「見立てに間違いはないのか？」

重大事と察して道長の声は震えた。

「確実とは申されませぬ。人の名を騙《かた》る魂も数多くおりまする。魂降ろしをして見るまではだれにも分かりますまい。無論、藤原さまとなんの関わりのない魂ということもありましょう。ただ……」

「ただ？」

「鴨社の一件は偶然とは思えませぬぞ」

弱々しく道長も首を振った。

「都を守るためならばいかようにもお働き申そうが、安堵を願う摂政さまが、逆に窮地に立たされましては、この身とて寝覚めが悪い。やはり賀茂どのにお命じなされるのが一番ではございませぬかの。賀茂どのなれば、なんとか取り繕《つくろ》う術《すべ》をご存じであろう」

「それは皮肉じゃな」

道長にも晴明の笑いの意味が通じた。

「権中納言さまは類《たぐ》い希《まれ》なる運をお持ちであられる」

晴明は月明りに照らされた道長の顔を見て、

「お父君の摂政さまよりも強い力をやがて手にされることになりましょう」

「二人の兄を差し置いてか？」

道長は苦笑した。おなじ母から生まれた十三歳上の道隆《みちたか》と五歳上の道兼《みちかね》が頭につかえている。道兼は道長と同等の位にあるが、長兄の道隆はすでに大納言として内裏に権勢を振るっていた。道隆とは歳《とし》の差で、道兼とは器量の点でかなわない。道長自身は子供の時分よりそう思い込んでいた。

「あと十年も経たぬうちに」

「そうなると？」

道長に晴明は大きく首を振った。

「なればこそ、権中納言さまに申し上げる。あなたさまの代になられたら悪霊をぜひとも鎮めなければなりませぬぞ。あなたさまご自身にはなんの罪もござりませぬが、藤原のご一族はあまりにも多くの悪霊に憑《つ》かれておいでじゃ。やがてその悪霊どもが、あなたさまのご運まで奪ってしまいましょう」

「悪霊など……儂《わし》は信じぬ」

「ご自分の運は信じても悪霊は認められぬと」

晴明はからからと笑った。

「お望みであれば、この場でお見せいたしてもよろしゅうございまする」

「なにをだ？」

「あなたさまの目には見えておりますまいが、悪鬼が何匹かまとわりついて……なに、さほどの物ではない。この程度の物ならどなたにも。軽い病をもたらす悪鬼にござるよ」

ひょいと晴明は道長の肩に痩せた腕を伸ばした。その瞬間、道長の耳の側で、ぐえっと獣の悲鳴のようなものが聞こえた。蛇の暴れる音に似た気配も感じた。

「うっ」

目の前に晴明が突き出した物を見て道長は逃れた。巨大な蛭《ひる》であった。蛭は晴明の掌から食《は》み出て甲にべとべとと蠢《うごめ》いた。晴明は左の手で蛭を剝ぎ取って地面に捨てた。足で踏み潰すと白い体から赤い血が噴きでた。

「これが……儂の肩に」

道長は背筋の寒さをこらえながら質《ただ》した。

「どなたにもこの程度は」

晴明は心配ないと請け合った。

「どうすればよいと言うのじゃ？」

本心から道長は晴明に今後を訊ねた。

「摂政さまに今宵の儂の言葉を。ご案じとあれば、祈禱の前に悪霊の正体を突き止める方法もないではない。それをお確かめの上でご判断を決めるのがよろしいかも知れぬな」

「おお」

道長の顔が輝いた。

「それなれば父も安堵いたそうぞ」

「なにが現われたとて偽りは申されぬ。それもお覚悟召されませ」

「あい分かった。老師の我が父への心配り、必ず無駄にはいたさぬ。これを機会に我ら藤原にお力添えをお頼みいたしたい」

道長は深々と晴明に頭を下げた。

「権中納言さまはもうお戻りなされませ。儂はいましばらくここに残りて星の動きを見定めて参りますれば」

「お一人では危ない。何人か供《とも》の者を」

「それには及びませぬ。闇には馴れておる。それに夜盗どもとてここには現われませぬ」

晴明の言葉に道長も頷《うなず》いた。

道長が山を下りていくのを見届けると、一人居残った晴明は、

「そろそろ姿を見せてはどうじゃ」

裏手の藪に声をかけた。

「この儂に見抜けぬと思うておったか」

ふたたび叫ぶと藪を掻き分ける音がした。

現われたのは凜々《りり》しい顔立ちをした公達《きんだち》であった。懐《ふところ》には横笛が挟まれている。

「これは……保昌《やすまさ》どのであったか」

晴明は意外な顔で見やった。

藤原保昌。三十二歳。公家には珍しく武勇で都に名を成す男であった。もっとも、そういう男であるから晴明も辛《かろ》うじて顔と名を承知している。正五位という、公家にすれば下級の位置にある者の名まで一々覚えられない。

「あくどいことをなされますな」

保昌は盗み見を棚上げにして前に進んだ。

「蛭ははじめから安倍さまの手にあった。それを悪鬼などとは……そうまでして摂政に取り入りたいのでござるか。天下の安倍晴明ともあろうお方が……それこそ闇にござる」

「実体のない悪鬼を出現いたさせても、まともには信用すまい。むしろ蛭ぐらいが手頃じゃ。そう判断したまでのこと。力を示すにはさまざまな方法がある。そなたとて同様であろう。いかに武勇自慢と申しても子供相手に剣は抜くまい。それが分からぬとは、噂ほどの腕でもなさそうじゃの」

晴明の笑いに保昌は詰まった。

「この何日か、我が屋敷のまわりに潜んでいたのも、そなたであろう。なんの魂胆か？」

晴明は冷たい目で保昌を睨んだ。

「みどもも悪霊の正体が知りたい」

「なるほど。余計なことを申すなということかの。確かにそなたにすれば大事に違いない」

哀れむように晴明は頷いた。

「そなたの祖父の元方《もとかた》どのが悪霊と決まれば、その累《るい》がそなたにも及ぶは必定。それで儂の口を封じるつもりになったか」

「その程度にしか見抜けぬのなら、安倍晴明どのの力も知れたものにござりまするな」

逆に保昌は嘲笑った。

「もし真実《まこと》に祖父の仕業と分かれば、この保昌、喜んで祖父の心に従う覚悟にござる。祖父の恨みを忘れて我が身の保身を願うような男にはござらぬ。心配なのはその反対でしてな。祖父の仕業であるのに、わざと祖父の名を秘したり、あるいは、祖父の仕業でないのに、祖父の悪霊と偽ったり……そのどちらもいまの摂政どのなれば考えられる。

それでこうして見守りおり申した」

「見守ってどういたす？」

「ご返答次第によっては……」

「斬ると申すか」

刀の柄に手をかけた保昌を見て苦笑した。

「とてものことに儂は斬れまい」

「袴垂保輔《はかまだれやすすけ》の噂をご存じか？」

保昌は腰を低く構えながら質《ただ》した。

「都を暴れまわる夜盗の頭《かしら》であろう」

「それ以外には？」

「知らぬ。夜盗などに興味はない」

「我が弟という噂がござる」

「去年、死んだはずの弟か？」

「有り得ぬことと噂を退けて参ったが、過日、知り合いの屋敷に袴垂の一味が押し込みてござる。頭目は知り合いの顔を見て、ここは兄保昌に関わる屋敷だからと、そのまま何も取らずに引き上げたとか」

「体付きや声はいかにも……」

「顔はいかがであった?」

面白そうに晴明は先を促した。

「覆面をしていたとかで、しかと断言できませぬが、体付きや声はいかにも……」

「藤原保輔であったと申すのじゃな」

晴明に保昌は辛そうな顔で頷いた。

「そなたの弟が牢で腹を切ったと言うは、間違いないのであろうな」

「死骸を引き取ったのはみどもにござる。見事に腹をかっさばいておりました」

「罪人ゆえに墓は許されぬ。死骸はどこに捨てた? 化野《あだしの》辺りにでも……」

「それを聞いてどうなされる?」

「死骸があるのなら、見てつかわそう」

「……」

「やはり捨ててはおらぬようじゃ」

「見て分かると申されるか?」

保昌は慎重に問い質した。

「三年の間は魂も己の亡骸からなかなか離れられぬ。この世に未練や恨みがあればなおさらのこと。必ず気が亡骸のまわりに漂っておる。その気を呼び戻せば話もできる」

「父が家の裏庭に葬ってござります」

覚悟を決めて保昌は告白した。

「明日の夜更けに迎えに参れ。それまでに墓を暴き、骨を掘りだしておくがよい。あるいは一連の怪事と繋《つな》がりがあるやも知れぬ。と申して他言はいたさぬゆえ、安堵するがよい」

「ありがたき幸せ」

保昌は地面に両手を揃えると立ち去った。

〈あの男、なにを考えておるのか〉

藪に消える後ろ姿を見送りながら晴明は苦笑いした。

2

翌日の深更《しんこう》。安倍晴明は山小路と春日小路の交差する一画にある藤原致忠《むねただ》の屋敷を保昌の案内で訪れた。保昌の父致忠は右馬権頭《うまのごんのかみ》。大事な役割ではあるが、五十を越した年齢で勤めるにはあまりにも低い役職でもある。役宅《やくたく》も正四位の者にしては質素であった。これには理由がある。致忠の父元方《もとかた》は今の摂政兼家の父親師輔《もろすけ》と帝の外戚(祖父)の地位を争って敗れた人間なのである。もし、その時に元方に運があれば、息子である致忠とて大納言くらいには昇進していたであろう。右馬権頭はまさに左遷の人事に他ならなかった。

「これはむさくるしいところにようこそ」

致忠は穢《けが》れを払う白装束で晴明を出迎えた。

「お言葉通りにいたしてございます。あの者の骨は纏《まと》めて白木の箱の中に」

「肉は朽《く》ち果てておりましたのか」

奥の部屋に向かいながら晴明は質した。

「土に帰《き》してございました」

「ならば、その土もお運び下されよ。骨繋ぎには必ず土が入り用にござれば」

「骨繋ぎ……」

「未練の心が強ければ、きっと甦《よみがえ》るはず。と申してもわずかの間のことじゃが」

晴明の言葉に致忠の頬が痙攣した。

「まさか、あの者が甦るなど……」

「この期《ご》に及んで説明は無用じゃ。その目で確かめれば済むことでな」

晴明は白木の箱の置かれている部屋に入った。

「いかにも……気が漂うておる」

入るなり晴明は呪文を唱えた。致忠と保昌の腕に鳥肌が立った。が、正面の白木の箱にはなんの異常も認められない。晴明の唱えた呪文の声の不気味さに肌が感応したのだ。

「保昌どの、この箱を庭に。土を運んでいては間に合わぬ。むしろ庭で行なうのが」

言われて保昌は箱を抱えた。気のせいか箱は少し重くなっていた。

「さもあろう。魂が戻りたがっておる」

晴明は先に庭に足を向けた。


晴明の命ずるまま致忠と保昌の二人は、保輔の骨を掘りだした周辺の土を手ですくって箱に詰めはじめた。埋めて一年が過ぎたと言うのに、土には血の匂いが含まれていた。

「それで充分。お二人は下がって見ておればよい。なにがあっても驚かれぬように」

晴明は骨と土で一杯になった箱を覗くと懐から紙で拵《こしら》えた人形《ひとがた》を取り出して、頭頂を突き出している頭蓋骨の上に置いた。致忠と保昌は地面に正座して見守った。

しばらく晴明の低い呪文が続いた。

ぴくり、ぴくりと人形が動きはじめた。

保昌の額には汗が噴きでた。

〈おおっ〉

思わず息を呑み込んだ。人形が意志ある者のごとく箱から浮き上がって宙に静止したのである。人形は晴明の前に腕を広げていた。

途端に——

箱から白い煙が立ち昇った。煙は人形を包むようにくるくると渦巻いた。保昌は我が目を疑った。小さな人形が煙を吸って見る見る膨らんで行く。保昌は身を乗り出して箱の中を覗いた。骨と土とが粘土のように捏《こ》ね合わさっていた。どろりどろりと蠢《うごめ》いている。その泥が上に触手を伸ばした。ぺたりとそれは人形に繋がった。ずるずると泥は人形の方に移動した。保昌は息を詰まらせた。

「なんと！」

致忠の悲鳴にも近い声が庭に響いた。

泥は人形を芯にして人になりつつあった。

「兵衛尉《ひょうえのじょう》、藤原保輔であるか？」

まだ泥の塊でしかないうちに晴明は質した。

あ、うう、と泥の頭に口が生まれた。

異様な臭気がその口から洩れた。

「そちの魂はいまどこにおる？」

晴明は重ねた。

泥の頭は少しずつ人の顔に近付いた。

「恨みがあれば儂に申せ」

「俺……では……ない」

泥の頭に目玉ができた。目玉はじろじろと晴明を眺めたあと、致忠と保昌に移った。

「俺……では……ないぞ」

その言葉に致忠と保昌は頷いた。致忠はぽろぽろと涙を零《こぼ》した。

「まだこの世を彷徨《さまよ》うておるのか?」

訊ねた晴明に泥の人形が腕を伸ばした。両方の腕が晴明の肩にかかる。ぐぐうっと泥の顔が晴明の間近にやってきた。

「俺……では……ないのだ」

まるで晴明を呑み込むかのように巨大な口を開ける。冷気がその口から噴きでた。晴明の顔は瞬時にして霜に覆われた。まだ七月下旬。夏の真盛りである。

「よほどの執念じゃな」

晴明は霜を手の甲で拭うと、

「なにが望みであるか?」

早くも崩れかけている泥に向かって言った。

「言わぬと間に合わぬぞ」

「その者どもに……訊け」

口にした途端、顔がどろどろと溶けた。溶けた泥は空中に浮かんでいた人形から流れ落ちて地面に山となった。白い頭蓋骨が闇に見えたかと思うと、からんと乾いた音をさせて地面に転がり落ちた。

晴明は目の前にひらひらと舞う人形を摑んだ。人形の中心には魂を呼び戻すために藤原保輔の名が書かれてある。晴明はその人形を両手で揉んだ。めらめらと青い炎が上がった。人形は晴明の手の中で燃えた。

「おそれいりましてござります」

振り向くと保昌が平伏していた。

「あまりに恨みが強すぎて、なに一つ聞き出すことができなんだの」

晴明は溜め息混じりに泥の山を見詰めた。

「あらためて箱に詰めて元の土の中に」

晴明は二人に命じると部屋に上がった。


「腹をかっさばいたからには、よほどの執念が凝り固まって当たり前じゃが……」

晴明は致忠と保昌を睨み付けた。

「俺ではない、と申したことに心当たりはあるか？　そなたたちに訊ねよと申した」

「安倍さまは保輔についてどのようにお聞き及びにござりまするので？」

逆に致忠が膝を前に進めた。

「あれは、いわれなき罪であったと？」

晴明が言うと致忠は頷いて、

「真実、倅《せがれ》どもの仕業であれば、襲われたお二方とも、今はこの世のお人ではありますまい。失礼ながら指を切り落とされた大江匡衡《おおえのまさひら》どのは斉明《ただあきら》の敵ではござらぬ。それは藤原季孝《すえたか》どのとて同様。保輔の腕なれば顔を傷付ける程度で済むわけが……必ずとどめを刺しておりましたでしょう」

晴明も大きく首を振った。

保昌とおなじく、兄の斉明と、保昌の弟の保輔は腕達者として都に名を馳せていた。祖父元方の失脚で出世の道を断たれた兄弟たちは武門に転身することで名誉の回復を願ったのである。だが……それに水を差す事件が勃発した。

今より四年前の正月、文人で名を成す大江匡衡が路上で何者かの襲撃を受けて左手の指を失った。それから半月も経たぬうちに、今度は下総守《しもうさのかみ》藤原季孝が左大臣邸での新年の宴の後に、その中庭で顔を傷付けられるという事件が起きた。検非違使は早速調査に取り掛かったが、やがて密告により、藤原斉明の郎党が怪しいということになった。その郎党は主人に従って摂津《せっつ》にでかけていると言う。検非違使は摂津まで追いかけた。だが、思いがけない事実が判明した。郎党を捕らえてみたら、本当の犯人は斉明と保輔の兄弟だと白状したのである。大江匡衡は兄の斉明が、藤原季孝は弟の保輔がそれぞれ襲ったものらしい。検非違使の手が伸びたのを察してか二人ともすでに姿をくらましていた。朝廷は追討の命を全国に発した。事件からおよそ四カ月後、兄の斉明は東国に逃れようとしていたところを発見されて惨殺された。斉明の首は都に運ばれて晒《さら》された。一方、弟の保輔は三年を逃げ延びた。手下を率いて都にたびたび侵入しては公家の屋敷を襲った。それが保輔の仕業と発覚したのは、またもや郎党の告白によるものであった。狙われた屋敷もたいていは三年前に兄弟を追捕《ついぶ》に向かった検非違使たちのものだった。検非違使は必死に保輔を探索した。すると思いがけない情報が入った。保輔は従二位中納言藤原顕光《あきみつ》の屋敷に匿《かくま》われていると言うのである。検非違使は直ぐに屋敷を包囲したが、それはただの噂に過ぎなかったようで、保輔の姿は見付からなかった。検非違使は次いで保輔の父親致忠を捕縛して監禁した。逮捕と言うよりも、保輔への見せしめであった。この情報を得てさすがの保輔も観念したのか、剃髪して出家した後に、縄についた。致忠は直ちに解放された。獄に繋がれたその日、保輔はこれまでと覚悟を決めて腹を切った。自ら腸《はらわた》を引き出し、壁に投げ付けるという壮絶な最期であった。

「密告した郎党とて……」

致忠は続けた。

「斉明が新たに雇い入れた者にて、今はどこでなにをしておるのか行方すら……」

「嵌《は》められたと申すのじゃな」

「さよう。斉明も保輔もそれを察して言い訳もならぬと逃れたのに相違ござらぬ。そもそも大江どのと季孝どのに二人がなんの怨恨を抱いたと言うのでござる？　検非違使はそれすら我らに教えてはくれませぬ。第一、刀で斬りつけたとあれば、お二方とも倅どもの顔を間近に見ておるはず。怨恨であるなら、お二方にも心当たりがありましょう。そのお二方が下手人は分からぬと申されましたのですぞ。にも拘わらず検非違使は、たかが郎党風情《ふぜい》の言葉を信用したばかりか、追討の命を全国に……指の一、二本や頰の傷程度で追討の命など、これまで聞いたこともござらぬ」

「……」

「はじめから倅どもに罪を被せる所存であったとしか」

「罪を被せてなんの得がある？」

「それは、被せた者に訊ねる他はありますまいな。倅の無念も当然のこと」

「心当たりがありそうに見えるが」

晴明は苦笑して致忠を見詰めた。

「倅どもは大悪党にござります。なにしろ保輔に至りては追討の宣旨を受けること合わせて十五度にも及びます。その保輔がなぜに官位を剝奪されぬのか……それこそ大内裏の示しがつかぬのではありませぬか？」

致忠の言う通りであった。斉明、保輔ともに位ばかりか役職も奪われていない。保輔など三年の逃亡期間中も兵衛尉の地位が与えられていたのである。奇怪な扱いと言えよう。

「その指図を致したのは摂政どの」

聞かされた晴明にも想像がついていた。

「摂政どのと我らの家は仇敵。倅どもに罪があれば、決して見逃すわけがありませぬ。罪を犯した倅どもばかりか、みどもや保昌にまで罪を広げようといたしましょう。それなのに……二人の官位を奪わず、我らにも一切咎めはない。これをどう見られまするか？」

「怨霊鎮めであろうな」

晴明の言葉に二人は得たりと頷いた。

「罪をそなたたちにまで広げれば……斉明と保輔の魂に加え、元方どのの魂すらますます怒りを大きくする。恐らく摂政どのはそう判断なされたのじゃろう」

「死者が甦るなど、有り得ましょうか？」

致忠は晴明に真剣な目をして質した。

「ない、とは言わぬが……世を騒がす袴垂とやらは保輔とは無縁と見た」

「しかし、噂では顔と声がおなじだと」

「あの魂にそれほどの余裕はない。己の恨みに魂のすべてを費やしておる。保輔の名声を利用しておる者の仕業であろうな」

「さようにございますか」

心なしか致忠は肩を落とした。

「その目で見ればはっきりいたそう」

晴明は保昌と向き合った。

「手助けぐらいはできようぞ」

「どのようにして？」

「儂は視鬼《しき》である」

晴明は自信たっぷりに笑った。

「視鬼とは、鬼を視《み》る者。すなわち霊界や先々を見通す力を与えられておる」

「袴垂の動向が分かると申されますか？」

「明日の夜は羅城門《らじょうもん》に現われるであろう」

「羅城門に？」

保昌は致忠と顔を見合わせた。

「儂が近くで袴垂の力を封じよう。そなたは得意の笛を奏でて羅城門で待つがよい。必ず袴垂は笛に魅せられてそなたに近付く。ただし捕らえようとはいたすな。争えば術が破れる。そなたは袴垂の正体を見極めれば満足いたそうな？」

「それは、その通りにございますが」

「万が一、保輔と同一人とあれば、笛の調子を変えて儂に知らせるがよい。保輔の魂が操りし身とあれば、いくら武勇のそなたとあってもむずかしい。儂が引き受ける」

「もし袴垂が現われぬ時は？」

「そなたも念じるがよい。弟の名を騙る者をこのまま見捨てて置くわけにもいかぬであろう。その思いがあればきっと現われる」

晴明はきっぱりと断じた。

3

羅城《らじよう》とは、本来、外敵から国を守るための出城《でじろ》を意味する。亀の甲羅もおなじ意味から用いられているものだ。中国では万里の長城が羅城に当たる。だが、日本には都に攻め込むほどの外敵の脅威はない。唐の都長安を真似て平安京を造営した桓武《かんむ》天皇は、都を取り囲む羅城の代わりに巨大な門を建て、その役目に当てた。それが羅城門である。楼閣の中には北方鎮護の守護神である兜跋毘沙門天《とばつびしやもんてん》の像を安置し、都の造営当初に対立していた蝦夷《えみし》の平定を願った。

しかし、都が誕生しておよそ二百年。蝦夷もさほどの抵抗を見せなくなった今、役目を終えた羅城門はすっかり荒廃していた。いや、それは今にはじまったことではない。

造営してわずかも経たぬうちに羅城門には鬼が棲むという噂が広まり、滅多に人の近付かぬ場所となっていたのである。内裏からもっとも離れた場所に立つ門であれば、さほどの警護も必要ではない。それが一番の理由であったろうが、検非違使の目が光らぬ羅城門は夜盗たちの根城になったことさえあった。

〈鬼が暮らして当たり前じゃな〉

晴明は半壊したまま放置されている羅城門の大屋根を見上げて嘆息した。あの屋根が崩れたのは十年以上も昔のことである。もちろん修理が検討されなかったわけではない。だが、修理したとしても、それはだれのための修理であるのか？　鬼のため、とはさすがに参議たちも思わなかったが、羅城門には多くの家を持たぬ浮浪者どもが雨や風や寒さを避けて寝泊まりしていた。それならばいっそのこと壊れるまで放置しろとの意見が大勢を占めた。屋根がなければ浮浪者どももそのうち姿を消すという判断である。その策は確かに功を奏した。現在はその門に寝泊まりする者は滅多にいない。が、修理もそのまま忘れられた。そして今に至っている。

近付くにつれ、門の辺りから異様な臭いが漂ってきた。この前の水害で家を失った者たちがここに逃れたという噂を耳にしている。その煮炊きの名残であろう。食い物の腐った臭いであった。

〈都を守る門とは思えぬ〉

晴明は、しかしその臭いを気にするでもなく門に足を進めた。門の前に人影が見える。

「待たせたの」

致忠と保昌の緊張を認めて晴明は笑った。

「安倍さまはお供を連れて歩かれませぬので」

致忠は不思議そうに訊ねた。

「もし怨霊とあらば国の大事。迂闊に口外はできぬ。たとえ弟子とあってもおなじじゃ」

「失礼ながら、そのお歳で足もお強い」

保昌は世辞でもなく感嘆していた。

「なに、荷物もなければ、軽い体じゃ」

晴明はそう言うと門の楼閣を見上げた。

「あれに上がれば咄嗟《とっさ》に間に合わぬな。やはりどこぞに身を隠すしかなさそうだ」

門と同様に朱雀大路《すざくおおじ》もこの辺りになると荒れ果てていた。無人の崩れた家が立ち並んでいる。百年も前から人の暮らさない家がほとんどであった。庭には藪が茂っている。

「致忠どのはどうなされる？」

「私めは倅の近くに。袴垂の顔を間近で見届けとうござります」

「さもあろう。二人の目なればこれほど確かなことはない。儂は保輔どのの顔を知らぬ。

判断はお二人にお任せいたそう」

「本当に姿を見せるでありましょうか」

保昌は晴明に確認した。

「儂がきたからには、直ぐにでも」

晴明は請け合った。

「徒党を組んで現われることは？」

「それも、恐らくあるまい」

「…………」

「案じるな。その時は儂が式神《しきがみ》を用いて追っ払ってしんぜよう。たかが夜盗の群れ。なにほどのこともあるまい」

晴明は笑うと二人に背を向けて右手の荒れた屋敷に向かった。

それからしばらく刻《とき》が過ぎた。青白い月が羅城門を不気味に照らしている。

〈そろそろじゃな〉

遠くから近付くひづめの音を耳に捕らえて晴明は羅城門に目を凝《こ》らした。

最前より保昌の吹く笛の音が、静寂をさらに深めている。見事な音色であった。

その笛がほんの一瞬止んだ。

保昌も近付く馬の足音を察したらしい。

保昌は羅城門の石段から腰を上げると広い朱雀大路の真ん中を歩みはじめた。無心に笛を吹き鳴らしている。

笛に呼応するかのように遠くで野犬が哭《な》いた。身を捩《よじ》るような哀しい哭き声だった。野犬にも保昌の心が伝わったのであろう。

〈あの男、只者ではないの〉

晴明でさえ笛に心を衝《つ》き動かされた。近々七十になんなんとする晴明の心を揺り動かすなど、尋常の笛ではなかった。

カッカッカッと接近した馬の足音が笛の音に隠されて聞こえなくなった。違う。耳を馬の足音に集中すれば聞こえる。だが、笛が心を満たして、他の音を遮《さえぎ》っているのだ。決して高い音ではなかった。むしろ馬の足音や野犬の哭き声の方が遥かに大きいはずである。それなのに、晴明には保昌の微かな息遣いさえ感じ取れた。耳の側に保昌が立っているような気すらした。

その笛に誘われるがごとく……

白い馬が月光に照らされながら現われた。

朱雀大路の真ん中を、空を翔《か》けるようにゆっくりと駆けてくる。そう見えるのは馬の白い体と騎乗している者の白装束のせいもある。白い束帯姿の男は背後に長い下襲《したがさね》の裾を風に孕《はら》ませていた。遠目には白い尾を引く白狐にも見えた。

馬は正面に保昌を認めると一声いなないた。

それでも保昌は笛を休めなかった。

ぶつかる、と思った瞬間――

馬は保昌の頭上を跳んだ。

ふわふわと下襲の裾が空を泳いだ。

馬は保昌の背後に着地した。

なにごともなかったように保昌は前を歩いていた。笛に没頭していると言うよりも、保昌には馬と男の姿が見えなかったらしい。

晴明は羅城門に致忠の姿を捜した。

致忠は門の太い柱の陰にいた。致忠にも別段変わった様子は見られなかった。ただ保昌を見守っている。

〈儂にだけ見えるということか〉

晴明は薄笑いを浮かべた。

〈面白し〉

晴明はなおも保昌に目を注いだ。

保昌はぴたりと立ち止まって前方を見据えた。だれの姿もないと知ってか、くるりと向きを羅城門に戻した。明らかに眼前にいる馬上の男を認めたはずである。にも拘わらず保昌はまた笛を奏でながら足を進めた。馬上の男の脇を保昌は平然と通り過ぎた。馬上の男は腰の刀を抜いて、馬からひらりと地面に飛び下りた。馬の尻を叩く。馬は激しいいなきを発して闇に消え去った。それでも保昌には変化が見られなかった。

男は長い裾を引き摺りながら保昌に従って歩きはじめた。保昌の笛には微塵の動揺も感じられない。構えていた男の刀から敵意が消えた。刀を腰に納めて笛に聞き惚れる。

保昌は羅城門の石段に至った。

ぞろりぞろりと裾が石畳を擦る音がする。

晴明も庭から崩れた壁を乗り越えて羅城門へと急いだ。

白装束の男は晴明に気付いて振り返った。

鬼の顔であった。

黒い隈《くま》が頬骨から目尻にかけて現われていた。幽鬼としか思われない。

「保昌……」

晴明は鬼を睨みつけながら保昌を呼んだ。

保昌は笛から顔を上げると怪訝《けげん》そうな顔をして晴明を見詰めた。二人の間には白装束の幽鬼が佇《たたず》んでいる。

「そなたにはなにも見えぬか」

「と申されますと？」

「袴垂は我とそなたの間に立っておる」

「……」

「そなたの笛に魅かれて襲う気持ちを失いしと見える。大した腕じゃな」

晴明に言われて袴垂は目を剥いた。ざざざざと裾の音をさせながら袴垂は二人の間から逃れた。晴明は、

「喝《かつ》！」

とその背中に叫んだ。袴垂はぴくりとその場に立ち止まった。

「おおっ」

保昌にも袴垂の姿がはっきりと見えたらしい。保昌は笛を左手にして身構えた。

「おのれ、いつの間に！」

「待て！」

柱の陰から致忠が転げでた。

「よく見よ！　まさに保輔なるぞ。鬼神などではない。倅の保輔じゃ」

「なんと？」

刀に右手をかけていた保昌は袖で顔を隠した相手をじっと睨んだ。

「紛《まぎ》れもない。この目でしかと確かめた。やはり噂に間違いなかった」

「顔を見せい！　我は藤原保昌ぞ」

押し止める致忠を払って保昌は怒鳴った。

袴垂は気圧《けお》されて退いた。

「あさましや……」

袴垂はさめざめと泣いた。

「かかるあさましき姿を見られしからには、もはや父でも兄でもない……」

袴垂は両袖を広げて顔を見せた。

「保輔……」

保昌は絶句した。

「弟の保輔めにござります」

保昌は晴明を振り返って叫んだ。

「哀れな心持ちよな。そなたらに降り懸《か》かりし不運を思えば怨霊もまたしかり」

晴明は頷きながら前に進んだ。

「鴨社の神木を倒せしもうぬの仕業と申すか」

射るような晴明の目に袴垂はたじろいだ。

「この洪水もうぬの仕業と？」

「儂が……恨みぞ」

袴垂は嘲笑った。

「このままでは済まぬ。都を儂が恨みで潰してやろう。兼家の世にさせてはおかぬわ」

「なるほど。さもあろうな」

「保輔！　成仏いたせ」

致忠が晴明の前に割って入った。

「そちの仇は必ず儂と保昌が……罪もなき民を苦しめてなんといたすか。父が頼みぞ」

「二度と対面はすまい」

袴垂は冷たく首を横に振った。

「道真公と祖父元方ともども、きっと我らが怨み晴らさずにおくものか」

するすると袴垂の体が浮き上がった。さすがの晴明も眉を動かした。長い裾がぶわぶわと青い闇にはためいている。袴垂はどんどん高みに上がった。

「保輔！」

致忠は虚しく空に腕を伸ばした。

「大江匡衡と藤原季孝を襲いしは……」

袴垂は晴明に向かって、

「冷泉《れいぜい》上皇なるぞ……」

「なにっ！」

晴明は耳を疑った。致忠も唖然としている。

激しい横風が吹いた。

袴垂の体は左右に揺れた。

袴垂は楼閣の広い屋根の上に立った。

その瞬間、袴垂の姿は消滅した。

晴明はしばらく大屋根を見詰めていた。

「袴垂とは、怨霊の引き摺る裾であったか」

晴明はやがてぽつりと呟いた。

「にしても……冷泉上皇さまとはの」

晴明が言うと致忠も暗い顔で頷いた。

「もともと狂気ゆえに退位なされたお方。今も院にて怪しきふるまいが絶えぬと耳にしておる。上皇さまの悪戯《いたずら》とあれば、まさか咎め立てもならぬ。それで摂政どのは斉明と保輔に目星をつけたに相違ない。冷泉上皇さまの狂気の原因は元方どのの怨霊の仕業と噂されていた。その始末を元方どのの血筋に押し付けるなど、いかにも摂政どののなされようじゃ。今の言葉に疑いはあるまい」

元方の怨霊云々については少し時代が遡る。今より四代前、村上《むらかみ》天皇の即位直後のことだった。即位と同時に皇太子が定められる決まりであったが、この時、天皇にはまだ親王が誕生していなかった。だが、妊娠中の女性はいた。中納言藤原元方の娘祐姫と、右大臣藤原師輔《もろすけ》の娘安子の二人である。その誕生を待って皇太子の決定が成されることとなったのは当然であろう。月満ちて祐姫は見事に男児を出産した。親王は広平と名付けられた。元方は狂喜した。これで安子が女子を産めば文句なく広平親王が皇太子に選ばれる。そうなると母方の祖父に当たる元方は、やがて外戚となって位を極めることができるのである。元方は安子に女子が産まれるよう、呪術師を雇って呪いをかけているという噂まで立った。この当時にあっては特に珍しくもないことだ。が、その願いも虚しく安子もまた男児を産み落とした。もし元方と師輔の立場が同等にあるなら、これでもさしたる影響はない。皇太子には長子が優先される。しかし、二人の格式の差は歴然としていた。中納言と言っても元方は六十を過ぎてようやくその位置に達した男であったのに、師輔は四十前で右大臣。その上、兄の実頼《さねより》は押しも押されもせぬ左大臣として内裏を牛耳っていた。安子の子が男児と分かると、直ぐにその子が皇太子に定められた。元方の夢は簡単に破れた。その後、三年も経ずして元方は師輔を呪いながら世を去った。安子の産んだ親王に狂気の兆しが現われたのはその頃からであった。それが後の冷泉天皇なのである。冷泉天皇は十八の歳で即位したが、結局三年も保てずに帝の位を弟に譲り渡して上皇となった。いかに師輔の力をもってしても隠し切れなくなったのだろう。以来、師輔の血筋に若死にがでたり、狂気が相次いだ。それらもすべて元方の怨霊の仕業ではないかと囁かれている。

「これにて互いに胸のつかえが取れたと言うものであろう。後は儂に任せるがよい」

晴明は致忠と保昌に請け合った。

「げに、人の心は恐ろしきものよな」

晴明は袴垂の消えた屋根を睨んだ。

4

それから八日が過ぎた夜。

内裏より戻る晴明を覆面の男が襲った。

「その物腰は保昌じゃな」

晴明は鋭い振りを躱《かわ》して笑った。

「いずれ襲ってくるとは思ったが……その程度の腕ではとても儂を倒せまい」

「少しは信用できる者と考えおったに……貴様こそこの世を闇にする鬼だ」

保昌は覆面を解いて憤怒の顔を見せた。

「なぜ道真《みちざね》公の怨霊などと偽りを申した。摂政に栄達でも約束されたか。その歳でいまさら出世してなんとする！」

一昨日の祈禱で晴明は一連の怪事は菅原道真の怨霊によるものと断じたのであった。元方はおろか保輔の名も口にはされなかった。

「それが視鬼と自慢する者のやり口か。許さぬ。貴様を放って置けば世が乱れる」

保昌は一気に踏み込んだ。

「この儂が見抜けぬと思うたか」

晴明は保昌の刀をむんずと握った。

「あまりにも罪のなき者の命が奪われておるのじゃ。風と水とで三千が死んでおる」

「……………」

引いても刀は離れない。保昌は焦った。

「保輔の仕業と偽るはたやすきこと」

「……………」

「じゃが、そなたの考え通りにはならぬぞ。保輔の仕業と広まれば、民がそなたらを許さぬ。それは摂政の力よりも強い。そのことをそなたたちは忘れておろう。むざむざと罪を被せられて死んだ保輔の怨み、この儂とて分からぬでもない。そなたらの必死の芝居もちゃんと儂の心に届いておる。しかし……今は諦めよ。そなたらはこの上保輔に罪を被せたいのか？　罪なき民を三千も殺した男として末代まで語り伝えさせたいのか」

晴明は握っていた指を開いた。

保昌はだらりと刀を下げた。

「そなたが儂に接近してきたのは、摂政が賀茂氏ではなく儂に安堵の呪法を命じるという噂が広まってからだ。しかも、将軍塚では儂に何度となく怨霊の正体を捩《ね》じ曲げて伝えるなと申した。元方どのの怨霊なればそれを正しく広言いたせとな」

「………」

「いかにも潔い心底に思えるが、まともに考えれば、やはり異なこと。なにか別の策があるのであろうと睨んでいたぞ」

「祖父の怨霊と広言されてなんの得がある」

「元方どのより、保輔が狙いであろう」

晴明は笑いを絶やさずに続けた。

「都を襲いしこれほどの被害。ただの嵐なれば民も恐れはすまいが、空には不吉な箒星が流れ、摂政家と繋がりの深い鴨社の神木が倒れ、中から神が逃げ去った。だれの心にも怨霊のせいではないかという思いが生まれる。そこに……世を騒がす袴垂が実は先年腹をかっさばいた保輔の魂だと知れればどうなる」

保昌は無言で晴明を見詰めていた。

「怨霊相手では検非違使も役には立たぬ。結局、怨霊鎮めをする他に方法があるまい。これまでのやり方を見るならば、犯した罪はすべて抹消されるばかりか、官位も引き上げられる。保輔は神にまで祭り上げられるであろう。あわよくばそなたたちの扱いさえ……都すら滅ぼし兼ねぬ強大な怨霊の血筋とあっては無下《むげ》にはできぬのが道理。どうじや、これほどの得があるではないか」

晴明は愉快そうに笑った。

「もちろん、そなたたちの願いが保輔の魂を鎮めること一つにあるのは承知じゃ。どれほど訴えたところで、下手人が冷泉上皇とあっては、疑いを晴らすのは無理と言うもの。さればこそ内裏による怨霊鎮めを思い付いたのであろう。その心持ち、まことに哀れじゃ。できることとなればこの儂も手助けしたいと思った。が、できぬ。藤原の者が何人死のうと問題はないが、民が三千となればな……もっと保輔の魂が浮かばれなくなるぞ」

晴明の言葉に保昌はがくっと膝をついた。

「袴垂に化けしはだれじゃ」

「兄の斉明にござります」

「ほう。生きておったのか」

「晒されし首は手下のものにござった」

「それで顔が保輔に似ておったというわけだ」

「すると羅城門では最初から？」

「そなたたちがなにかを仕掛けると見て、わざと羅城門と申したのじゃ。儂が袴垂と保輔は無縁と断じた時、そなたの父親の顔にはありありと失意が浮かんでおったぞ。これはどうしても袴垂と保輔とを結び付けたいのじゃな、と察した。そなたと父親が組んで儂を騙そうとするなら、なんでもできる。暴れる馬を見ながら、気付かぬふりをしたり……あるいは保輔に間違いないと叫んだりな」

「失礼の数々、お許し下さりませ」

「屋根にはどうやって飛んだ?」

「郎党どもが楼閣に潜んでおりました。兄の体に縄をかけて引き上げましてござります。屋根に上がった兄には素早く黒い布を」

「鮮やかな手順であった。筋道もなしにあれを見せられておれば鬼と信じたやも」

晴明は大きく頷くと、

「今は古き怨霊のせいにするのが一番ぞ。道真公なれば民も諦める。摂政どのとて怨霊の恐ろしさを承知したに違いない。いずれ道長の世となろうが、その頃には恐らく元方どのをはじめ保輔の名も広く世に伝わっていることであろう。そなたにも運が開ける」

「そのようなお心とも知らずに……」

保昌は必死で涙をこらえた。

「それよりも……」

晴明は保昌の懐を眺めて言った。

「笛があるなら、この場でまた吹いてはくれぬか。そなたの笛はあまりにも美しすぎる」

「笛にございまするか？」

首を傾げながらも保昌は笛を手にした。

「先夜とおなじ曲を……」

晴明は保昌を促して目を瞑《つむ》った。

明らかに羅城門で耳にした音色ではなかった。晴明はそっと目を開いた。

保昌は無心に笛を鳴らしている。巧緻ではあるが音が硬かった。あの、心にねっとりと絡むような音ではなかった。

止めようとしたと同時に音色が変わった。

ぎょっとして晴明は耳を澄ました。

〈この音色じゃ。間違いない〉

恐らく、この世の音ではあるまい、と晴明は感じた。そくそくと寂しさがつのる。

晴明は空を見上げた。

箒星の一つが長い尾を曳いて消滅した。

笛は晴明の心を潤《うる》ませた。

〈かたじけのうござった〉

不意にだれかの声が晴明の耳の底に響いた。
晴明は目の前の保昌を見詰めた。
保昌からだれかが抜け出て行く。
笛の音が保昌のものに変わった。
抜け出た白い影は静かに晴明を振り向くと頭を下げた。
〈あれは……中納言〉
口にしようとして晴明は苦笑いした。
白い影はふわふわと空に浮いた。
保昌はなにも知らずに笛を吹き続けていた。

愛の陰陽師☆田辺聖子

むかしの時代の人々の心持を、そのまま窺《うかが》い知ることは至難のわざではあるけれど、ことにも現代人にわかりにくいのは、王朝にさかんに行なわれた陰陽道《おんみようどう》であろう。『源氏物語』にも陰陽道にもとづく、方違《かたたが》え、物忌み、などのエピソードがたっぷり出てくるが、この思想は日常次元の部分まで浸透していて、旅行や方角の吉凶はもちろん、髪を洗う日、爪を切る日までそれによって律せられていた。

陰陽五行説というのは古代中国におこり、これはかなり早くから日本にもたらされたらしい。宇宙を説明する唯一の科学として国家経営の理念となり、陰陽寮というお役所までできていた。陰陽師《おんみようじ》の中のスターは、何といっても平安中期の安倍晴明《あべのせいめい》である。

安倍晴明はお芝居のほうでも信田《しのだ》の狐の子として知られる名だが、それはもともと、占師、陰陽師としての晴明の印象が民衆の間に強いために、生れた説話であろう。

近年はことにオカルトブームなので、晴明の人気はたかく、晴明に材をとった小説も多くでている。晴明ファンの私としては嬉しいことである。

京都には上京《かみぎよう》に晴明神社がある。晴明を祭るこのお社の紋は、晴明桔梗紋である。五芒星《ごぼうせい》紋ともいわれ、魔除けの呪符とされるあのペンタグラム、一筆の線描きで描ける五つ星だ。秋の例祭は氏子の西陣の織屋町からお稚児さんが出るというが、私はまだ秋祭を見ていない。

ところでこの中世の大立者の占師については『今昔物語』にも『宇治拾遺物語』にも興ふかい話がいくつも載っているのだが、今回は『宇治』から。

藤原道長《みちなが》は法成寺《ほうじようじ》を建立し、毎日詣っていたが、愛犬の白犬がいつも供をしていた。ある日道長が門へ入ろうとするとこの犬は道を塞ぐように吠えまわって進ませない。

それでも何とも思わず、車から降りて入ろうとすると、衣の裾をくわえて引き止めようとする。道長は何かあるのだと気付き、晴明を呼びにやった。

晴明はしばらく占っていたが、

〈殿を呪うまじないが道に埋めてございます。それを越えられますと不吉な事態となります。犬は神通力のあるものゆえ、察知してお知らせ申したのでありましょう〉

といった。どこにそれを埋めたか分るか、というと、〈やすきこと〉としばらく占い、〈ここを〉という所を掘らせて見ると、やはり、出てきたのである。

それは土器《かわらけ》を二つ合せ、黄色の紙縒《こより》で十文字にからげてあったと。開いてみれば中には何もなく、辰砂《しんしや》で一文字を書いてあるのみだった、と。

〈この呪《じゅ》は晴明よりほかに知る者はございません。もしありとすれば、弟子の道摩《どうま》法師でしょう。糺《ただ》してみましょう〉

晴明はふところから紙を出し鳥の姿に引きむすび、呪文をとなえ、空へ投げ上げると、たちまち白鷺となって南へさしてとんでゆく。

〈それ、あの鳥の落ちつく所を見て参れ〉

下部《おとこ》を走らせると、六条坊門、万里小路《までのこうじ》の古家へ落ちた。すなわち、道摩法師の家で、早速からめとられて問われ、堀河左大臣の依頼で呪咀したことを認めた。道長の政敵である。

道摩は故郷の播磨に追われたと。

この播磨の国は、どういうものか陰陽師と関係ふかい。あるとき、播磨の国から老法師がきた。二人の童を供につれ、晴明の弟子にしてくれといってくる。

晴明はたちまち看破する。この法師も陰陽師で、晴明の力量を試そうとしているのだ。しかも二人の供の少年は、式神《しきじん》だというのも見抜く。この式神というもの、よく分らぬのだが、どうやら陰陽師の呪術に使役される妖神らしい。『アラビアンナイト』に出てくる、魔法のランプの大男みたいなものだろうか。

晴明は呪をとなえて、童たちを隠してしまう。法師は恐れ入って、どうぞお返し下さいと哀願する。式神を使うのはたやすいが、人の使っているものを隠すのはとてもできるわざではないと、かぶとをぬいだのであった。

晴明は試される、というのが気にくわぬらしい。陰陽師に対抗する密教の坊さんたちが、晴明に式神を使って人を殺せますかと聞く。たやすくは殺せぬが、力を入れれば殺せるだろう、虫などならたやすいのですが、しかし生き返らせる法を知らぬので、殺生の罪をつくることになる。私はそういうことはやりませぬ、と晴明は答えた。

折しも庭に蛙が跳り出た。坊さんはあれを殺してみよ、という。どうやらその場の空気として行きがかり上、そういってしまったのであろう。晴明は冷笑する。
〈罪なことをいわれる御坊かな。しかし私を試されるとあらば是非もない〉――草の葉をちぎり呪文をとなえ、蛙に投げると、たちまち蛙は圧しつぶされて死んでしまった。坊さんたちの顔色が草の葉よりも青くなったのはいうまでもない。

気味わるい存在だが、晴明はつねに古い説話では魅力的である。

あるとき晴明は宮中にいた。そこへ先払いの声も花やかに殿上人が参内《さんだい》してきた。なにがしの蔵人《くろうど》の少将、まだ若く眉目《みめ》美しく颯爽たる公達《きんだち》、ちょうど牛車《くるま》から下りて内裏へ参るところだった。

たまたまこのとき、青年公卿の頭上を烏《からす》が飛んで過ぎたが、あなやという間もなく、少将の衣裳の上に糞を落していった。普通の人なら、おやおや、運の悪い、と苦笑するだけのことであるが、晴明ははっと顔色を変える。

（式神だ、あの鳥は。少将は呪われたのだ）

　そう思うと晴明に少将を憐れむ心が動いた。

（ああ、人々にもてはやされ、年も若く、こんなに美しい、前途もある青年が……）

　と思うと、たまらなく晴明は青年が気の毒になった。抛っておけば呪われて必ず死ぬ、ということが、晴明には手に取るごとくわかるのである。少将の側へ歩み寄り、

〈主上の御前へ上られるのですか。さし出がましいようでございますが、それどころではありませぬ。殿には今夜のお命も危いように見えますぞ。私にはわかるのです。さ、さ、おいで下さい。物はためしです、できるかぎり災いを防いでみましょう〉

　晴明は少将を抱えて同じ車に乗りこむ。晴明にそういわれて恐れおののかぬ者がいようか。少将は震えながら、

〈信じられない。……どうかお助け下さい〉

　とすがる。共に少将の邸へ帰り、それが申《さる》の刻《とき》（午後四時ごろ）ばかりだから、とかくしていると日も暮れた。晴明は少将をしっかと抱きしめ、身を護るまじないをし、一夜じゅう寝もやらず声も絶やさず呪文をとなえつづけていた。

　秋の夜長、こうして、夜っぴて念入りに加持《かじ》をしていると、明け方戸を叩く者がいる。

〈召使いに聞かせなさい〉

というと、その使いの者が大声でいう。

〈人に頼まれ、式神を使って少将を呪い殺そうとしたが、少将の守りがかたく、かなわなんだ。式神が帰ってきて、わしはかえって式神めに打たれて殺されるわい。つまらぬ結果になってしもうた——そう伝えよ、とのこと〉

真相は、その少将の相婿《あいむこ》が、少将ばかり好遇されるのに嫉妬して、陰陽師を頼んで呪い殺そうとしたのであった。その陰陽師は果して死んでしまった。

〈ごらんなさい。昨夜私がみつけなかったら、あなたもあんなふうに死んでいたでしょう〉

晴明の言葉に少将は喜び泣きしつつうなずき、おびただしい謝礼をして命拾いをしたことを感謝した。その呪った婿は、舅《しゅうと》がその心根を憎んで追い出したという。晴明はおどろおどろしいイメージに包まれる、日本のノストラダムスのような人であるが、また、こういうエピソードをよむと、熱い同情も人間らしいやさしみも持ち合せていたようである。

やさしいといえば、もう一つ、これは晴明と関係ない話だが、今は昔、天文《てんもん》に異変が起った。〈月が大将星を犯す〉という勘文《かんもん》が、天文博士から朝廷に差し出された。近衛の左右の大将《だいしょう》は重くおつつしみあるべき、というので右大将はあちこちの社寺へ祈禱させた。この右大将は藤原実頼《さねより》である。

ときの左大将は藤原仲平《なかひら》であった。仲平の祈禱の師は東大寺の法蔵僧都《そうず》である。さぞこちらにも祈禱のお触れがくるであろうと待っていたが一向にこないので、仲平のもとへゆき、

〈大将どのご用心という占いが天文博士よりあったそうでございますね。すでに右大将さまはあちこちの社寺でご祈禱され、災禍を除かれるべく慎んでいられるそうではございませんか。殿もお早く……と思うと居てもたってもおられず、参ったのでございます〉

というと、仲平はいった。

〈尤もだがね、僧都よ。大将に禍があるかもしれぬというので自分もそれを避けようとすれば、右大将のために悪いではないか。——わしはすでに六十ちかい。あの実頼どのはまだ三十半ばじゃ。わしの甥ながら学識すぐれ、年も若く、長く朝廷に仕えるべき人じゃ。わしは老い先も長うない。才もない、どうなってもべつに大したことはあるまいと思えば、祈禱も不要なのじゃ〉

僧都はほろほろと涙をこぼした。

〈そのお気持は百万の祈りに勝りましょう。そのお心なれば、さだめて災いもございますまい〉

——実際、仲平はことなく大臣まで登り、七十いくつという長命を保った。王朝の貴

顕の中には謀略と譎詐《きつさ》にあけくれた人々もいたが、老いてこんなやさしみを持つ貴族もいたのである。

日本の風水地帯を行く——星と大地の不可思議——

☆荒俣　宏

出雲〈幻の風水村をみつけた！〉

世の中には、ふとしたことからみつかる〝大発見〟があるものだ。われら妖怪巡礼団も、それに近い、アッとおどろくような体験にぶつかった。

平田篤胤《ひらたあつたね》先生がこの世に妖怪が実在する証拠として、終生その編集に力をそそいだ「稲生物怪録《いのうもののけろく》」を見物し終わったあとのことだ。

われら巡礼団は、すこしお祓《はら》いが必要となった。そこで、篤胤が妖怪世界の向こう側にある黄泉《よみ》の国の支配者とみなした大国主命《おおくにぬしのみこと》を祀《まつ》った出雲大社にでも詣《もう》でてみたら、と話が決まった。

ぜいたくにも飛行機で出雲空港に降りた。さらにぜいたくにも、ロケバスを仕立てて出雲大社にくりこむべく、だだっぴろい出雲平野を突っ走ることにした。

ところが！　ロケバスが走り出して十分もしないうちに、だれいうとなく、「変だなア——」とつぶやきだした。

たしかに窓の外が妙なのだ。国道の両側に建っている古い屋敷は、どれもこれも、まるで同じ造りになっているのだ！

ここは幻の風水村だった！

まずは、屋敷の西側に、とんでもなく高いクロマツの林がそびえ立っている。それも壁のように一列に並び、中には十メートルを越えるものもある。

この松の列の下に大きな母屋《おもや》がある。母屋の東側に玄関口があって、その東は二階家が手前に突き出している。上から見るとL字型だ。

家の正面は、どれも南向きで、なんと、正門の脇には立派な墓まで立っていた！

この間取りが、どこもぜんぶ同じなのだ。だから変な気分になる。こんなに高いマツの防風林をそなえた家が並んでいる地方なんてほかには見たこともない。

が、そのとき、アラマタ団長の半分ボケかけた頭にひらめくコトバがあった。

風水！

そう、まさしくフウスイなのだ。マツ林で屋敷の側面をブロックし、正面が南に向き、東側に生活の場をつくるという間取りは、目下はやりの風水そのものだ。ついでに、風水用語を使わせてもらうなら、マツの防風林は悪い気をブロックする「砂《さ》」であり、大きく空《あ》いた南の空間は「明堂《めいどう》」にあたり、その中央に人が両手を前にのばした形で立つ屋敷は「龍穴《りゅうけつ》」にあたる。

この屋敷群は、スタイルから見て江戸時代よりもあとの形式じゃない。すくなくとも数百年昔にさかのぼれる。とすれば、日本には広まらなかったといわれる風水村が、なんと、出雲に実在することになる！

団長はあわててロケバスの運転手さんの肩をつかんだ。あまりにも荒っぽくつかんだのでバスが左右に尻を振った。

「やめてくださいよ！　何です？」

と、怒る運転手さんに向かって、

「あの変なマツは何ですかァ！」

と、団長が大声をあげた。

「あれね？　あれは築地松《ついじまつ》というんですよ。昔からこの地方だけにあるんです」

ツイジマツ？

聞いたことのないコトバだった。とにかくおもしろすぎる光景なので、いきなり一軒のお宅を見学させてもらうことになった。

急な願いにもかかわらず、岡正明さんはニコニコしながら屋敷を見学させてくださった。

守護神・コージン様とは何者か?

見てビックリした。まずは大きく空いた南面にある墓地だ。東京では自宅に墓石があるなんて考えられない。しかも南側にあるというところが沖縄と同じで、風水じみている。

風水では、南に門、庭、玄関、そして池を置くのが吉相とされる。ざっと見て、ないのは池だけかと思ったら、ちゃんと小さな泉水もあった。

ついでに、風水では巽《たつみ》(東南)に倉をつくると財産がたまるといわれている。フッと見たら、やっぱり倉庫のような小さな建物があるではないか!

「出雲は冬になると西風が強いんですよ。台風も西風が多い。それをぜんぶこの築地松が防ぐんです。まさに邪気除《よ》けですね。しかも、このデザインを見てください」

岡さんはそう言いながら、高だかとそびえる松を見せてくれた。この松の壁は、外側こそきれいに刈り込んで壁のように平《たいら》にしてあるが、内側は太い枝がたくさん出ている。でも、となりの木とのあいだにのびる枝は、つねに刈り込んで、すき間がレースのように透けるようにしてあるのだ。

「この透け具合がむずかしいのです。こうしないと、抵抗がありすぎて大風が木を倒してしまうんです」

なるほど！　この防風林は壁ではなくメッシュなのだ。

「それと、築地松の上を見てください。ほら、両端がゆるやかに反《そ》ってるでしょ？　あれは母屋の屋根と同じカーブなんです」

またまた、なるほど！　と唸ってしまった。築地松と屋敷の屋根のカーブとが同じになって、みごとな眺めをつくっている。

また、松の根元をよく見ると、庭よりもすこし高く盛り土がしてある。つまり、築地《ついじ》（堤とか土手の意味）になっているから築地松なのだ。

前庭がまた美しかった。水と石と緑とがきれいに調《ととの》い、まるで仙郷のようだった。

これはどう見ても、風水だ。風水というのは健康に暮らせる土地と家の間取りの選び方を教える中国の地相術。この術は、北と西からくる邪気を防ぎ、東と南を大きく開放して良い気を流動させることを教える。

この築地松、いったいいつごろから始まったのかよくわからない。でも、いちばん古い松の年輪を調べると三百年前にさかのぼれるという。江戸初期にあたるようだ。出雲地方でしか見られない屋敷森の様式で、どうもルーツはずっと古いらしい。たとえば出雲大社は鳥居の形、拝殿の形、そしてご神体の位置まで他の系統の神社とずいぶんちがう。そうした古い風水原理が出雲の神社様式とも関係しているのかもしれない。

「ひょっとして、この地方には風水という言い方が残ってませんか?」

と、風水好きがそろった巡礼団員が異口同音に質問した。だが、答えはノー。

「その代わり、古くから屋敷を護っている神さまをお見せしましょう」

岡さんはそう言うと、ふたたび西側の松へ行き、いちばん北のはずれにある小さな祠《ほこら》を見せてくれた。

「これ、コージンさんです」

コージンさん? どういう字を書くのだろう。屋敷全体から見ると、北西の方向に祀ってある。この方向がいちばんこわいので神さまを祀るのだそうだ。

出雲地方では、古くから北西が神を置く特別な方位とされてきた。出雲大社自体が京都の北西に位置するところから、北西への気のつかいようはふつうでない。

ただ、方位ということでアラマタ団長には、もうひとつのアイデアが浮かんだ。風水と関係があるのではないか?

風水は、古くは陰陽道《おんみょうどう》という名で知られていた。もしこのコージンさんが陰陽道と関係があれば風水につながってくる。

ついでにいうと、陰陽道は日本にも根づいていて、平安時代には魔術ヒーロー安倍晴明《あべのせいめい》が登場した。この陰陽師《おんみようじ》のことは巡礼団ファンなら知ってるね。

すべての謎を解く鍵は京都にある

さあ、こうなったらコージンの正体探しだ。東京に電話して留守番の団員にチェックさせたら、「荒神《こうじん》」と判った。

荒神！　これはおそろしい神という意味だ。ふつうは火の神だが、鳥取や出雲では牛の護り神ともいわれている。この地方では昔から荒神を屋敷の神として祀り、災《わざわ》いを防いでもらってきた。

もしも、この荒神が風水や陰陽道に関係があるのなら、かならず出てくる要素がある。方位だ。地相・家相のポイントは方位なのだ。

そこで訊いてみた。

「荒神さんは北西、つまり乾《いぬい》の方角ですよね。ふつう、魔除けを置くのは東北、つまり艮《うしとら》の鬼門じゃありませんか？」

しかし、岡さんは首を振り、

「いや、鬼門の方向にはとくに何も置かないね。それよりも北西のほうがもっとコワイ方角だと聞いたけどね」

北西のほうが東北よりもコワイ方角！　長らく風水に首を突っ込んできたアラマタ団長、すこし顔色が悪くなってきた。

「ま、まさか……」

そう言ったきりロケバスに駆け戻った。いつも持っている、安倍晴明が書いたといわれる陰陽秘伝『簠簋内伝《ほきないでん》』を取り出し、荒神のことが出てないかどうか、小さな目をコンペイトウのように見開いて調べだした。

あった！

荒神は、やっぱり陰陽道の神さまだった。陰陽道には八将神と呼ばれる星の神がいる。星が地上に降りて神になった。将という名があるように軍《いくさ》や戦争にも関係があって、なかなかおそろしい神だ。この八将神、八つの星から成り、その年によって支配する方角が異なる。八将神のいる方角で家を建てたり仕事をしたりすると悪いことが起こるのだ。

この八将神のうち、いちばんおそろしいのが大将軍だ。金星が地上に降りて神になったといわれ、方角の吉凶をぜんぶ支配する。徳川将軍とか征夷大将軍といった名は方位を護るこの神の名にあやかっている。

で、八番めの将軍に豹尾神《ひょうびしん》と呼ばれる神がいて、これもおそろしい方位の神さまなの

❖築地松❖

出雲地方独自の、家屋敷を西風から守るクロマツの防風林。盛り土（築地）の上に立つことから、こう呼ばれる。一九九四年に島根県の築地松景観保全対策推進協議会が調査した結果、出雲平野全域で築地松の残る家屋は四一一七戸で、そのうち築地松景観が残されているのは一五一三戸。

その報告書によると、築地松の原型は、高地でスダジイ、低地でタブノキといった照葉樹林が中心だったが、三百年くらい前から塩風に強く男性的なクロマツが屋敷森の西側に取り入れられ、現在のような形になったようだ。しかし、現在はマツクイ虫の被害に悩まされている。

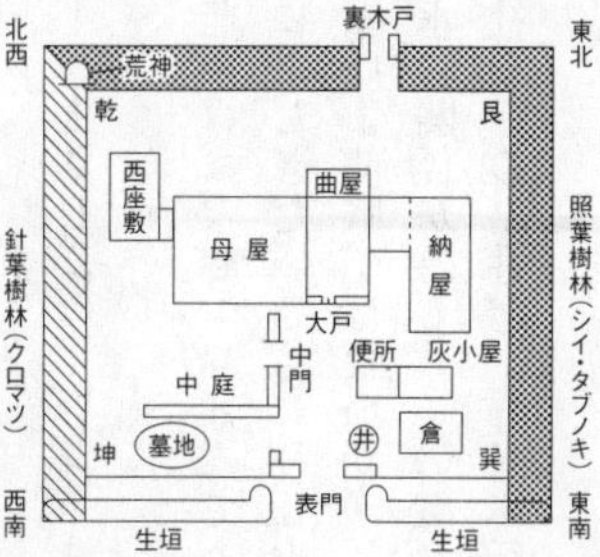

出雲地方の代表的な屋敷構え
（参考文献／「平成六年度・出雲平野の築地松報告書」）

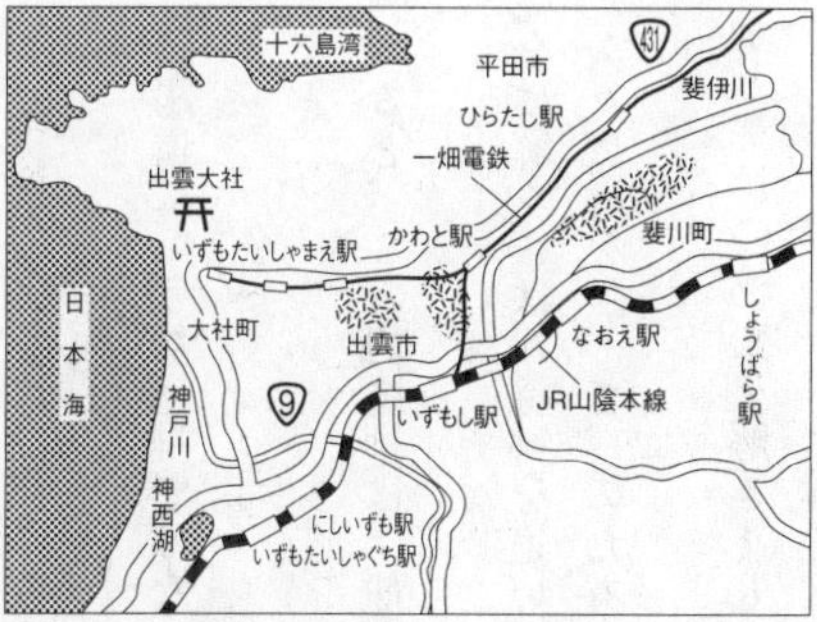

◀点の部分は特に築地松が多い地域

だ。おまけに、地上では荒神とも呼ばれるという！　荒神すなわち豹尾神はヒョウの尾を引いているから流星の神といわれ、この神がいる方角で馬や牛や犬など尾のある動物を飼ってはいけない。また、尾のように放出されるから小便をしてもいけない。

牛を飼ってはいけない方角！　まさしくコージンさまは陰陽道にいう豹尾神ではないか。

「でも、この荒神さまがいる北西は、なぜコワイんでしょう？」

と、松丸勘定奉行。たしかにふしぎだ。さらに秘伝を調べると、この豹尾神は「龍に乗る」と出てきた。龍！　いよいよ龍脈ではないか。

やっぱり出雲の築地松は風水に関係がある。この謎を完全に解くには八将神を追いつめるしかない。こうなると寺社奉行の出番だ。寺社奉行、久々に胸を張って、のたもうた。

「京都に八将神を祀る神社があります。そこへ行って風水と荒神の秘密を解きましょう！」

大将軍八神社〈陰陽道の隠れたる本拠地を訪ねる〉

　京都は、どこを歩いても聖地か祟《たた》りの名所に行き当たる。それでも、たいていは有名すぎて、予想外にものすごいところというのは、いくら京都でも滅多にみつけられない。われら巡礼団も、最初はただ風水に関係ありそうだというだけの縁で、何ということもなしに出かけていった。それだけなのに、すっかり深みにハマってしまった神社がある。東が平田篤胤ならば、西は何といっても大陰陽師・安倍晴明。それにかかわっていそうな神社で、名を「大将軍八神社《だいしょうぐんはちじんじゃ》」という。陰陽道の隠れたる本拠地といってよろしい。

京都の中心といえば現在は御所《ごしょ》だけれど、その昔は旧内裏《だいり》にあった。今よりも左の方にズレていたのだ。この旧内裏を陰陽道——つまり、中国伝来の星の魔術で守ろうとしたグループがいた。

ひとつは、東北の方位にあった安倍晴明の屋敷。そばに一条戻橋《もどりばし》という橋があって、この下に十二神将と呼ばれる「式神《しきのがみ》」が待機していた。

もちろん、東北は鬼門だから、ここを大魔術師の晴明が護るのは当たり前だろう。けれども、旧内裏の北西方向にも「大将軍八神社」なる陰陽道の本社がある。前章でも書いたが、大将軍は地上に降りた星の神であって、正体は太白星《たいはくせい》（金星）であるという。八というのは、八王子の八で、大将軍もその一人だ。八つの星の神は、祇園祭でおなじみの八坂神社の祭神になっている「牛頭《ごず》天王」の子供といわれている。

京都を護った星の魔術

それにしても、星の魔術で京《みやこ》や内裏を護るというのはどういうことなのか？

ズバリお答えしよう。都市や建物は正しい方位につくらないと災《わざわ》いに襲われる。この正しい方位をつかさどるのが星なのだ。したがって星が地上に降り、神となって護る。この方法をマスターしているのが、安倍晴明をはじめとする陰陽師たちだった。

そして、正しい方位に家を建てることが風水の目的だとすれば、当然、陰陽道と風水とは同じものといえるだろう。

大将軍八神社は、いわば陰陽道の神を祀る聖地であって、京都を魔物から護る役目をもつ。

巡礼団は、にぎやかな商店街を抜けて、めざす神社に辿りついた。なんと、拝殿の前に方位を示す八卦の碑がある。最初から陰陽道の匂いが立ちこめ、なんだかドえらい発見をしそうな予感がした。

宝物庫をあけていただくあいだ、境内を探訪したら拝殿の後方でほんとにドえらいものを発見してしまった。まるでトーテムポールのような妖しい赤塗りの柱だ。二本あって、どちらにも鬼の顔が彫りつけてあり、その下にそれぞれ「天下大将軍」「地下女将軍」と書いてあるではないか。

「こ、これはチャンスンじゃないですか！」

団長、いきなり腰が抜けて、へたりこんだ。無理もない。この鬼面の柱こそ、昔、朝鮮半島のどの村にも立っていた魔除けの道標だったからだ。これも風水に関係があって、村の出入口に立て、邪気や鬼の侵入を防ぐものだった。日本でいえば道祖神だろうか。

それにしても、なんで外国の魔除けがこんなところにあるのか不審に思っているところへ禰宜《ねぎ》の生島暢さんが来てくださった。

「そう、これは韓国のチャンスンですね。ほら、大将軍と書いてあるでしょ。うちの神社と関係があるんで祀ってあるんですよ。京都の艮の方角にも将軍塚があるんですよ」

将軍塚は平安京を築いた桓武《かんむ》天皇が、まだ平定できぬ東北地方からの敵を防ぐためにつくった。鎧《よろい》を着けた人形《ひとがた》を埋め、もしも敵が攻めこんだら将軍の人形が鳴動して危機を知らせるのだという。

なるほど、これは発見だった。金星の神である大将軍は韓国でチャンスン、日本で将軍人形となって村や都を護っていたのだ。

元祖「鬼門」はやはり北西だった！

次に、方徳殿と呼ばれる宝物庫を見学させていただいた。ここには百体に近い陰陽道の神々の木像があるのだ！

古くは「星まんだら」といって、特別な配置で並んでいたにちがいないが、火災にあうなどして、今は完全な形がどうなっていたかわからない。それどころか、名さえわからぬ神像が多いという。

立派な宝物庫の一階から二階にかけて並べられた神像は、大まかに二種類に分かれている。まずは武器をもち甲冑《かっちゅう》を着た将軍像。そしてもうひとつは衣冠束帯《いかんそくたい》に身をかためた貴人の像。平安から鎌倉にかけて制作されたようだが、記録類が残っていない。しかし、生島さんがコメントしてくださった。

「だいたい、帝都は星の神に護られていました。それが将軍塚であって、生きた人間の場合は武将です。そう、征夷大将軍の将軍も元来は星の護り神を意味したんでしょうね」

団長、またまたハッとして全身を硬直させた。そういえば平将門《たいらのまさかど》公も「将軍」だったのだ！　おまけに将門は七人の影武者を引きつれていたという。神田神社で、三宅蘭崖画伯の描かれた「将門公と七人の影武者」の図を見たことも思い出した。将門と影武者で合計八人！　これは八王子のことじゃないのか！

なにか恐ろしいほどに謎が解けだしてきた。とどめは、庫内に展示されていた絵だった。八将軍と歳徳神《としとくがみ》がセットで描かれた掛け軸に、荒神と同一とされる豹尾神の姿もある。えらく恐い。

「歳徳神が車だか輿《こし》だかに乗ってますね。この神々は星の神さんですから天を巡回するんです。だから、地上でも年に応じて方位を変えるんです。こういう神さんを遊行神《ゆぎょうしん》といいます。この動きを邪魔する行為――たとえば、ある方角に家を建てたり穴を掘ったり、旅に出たりすると祟られます。そこで星の神さまは恐ろしい祟り神にもなるわけです。この災いを避けるのも陰陽師の仕事であり、大将軍八神社の役割ですね」

と、生島さん。

ここで団長、またまたハッとして硬直。平将門が殺されて祟り神になったり、首と体をバラバラにされて互いに探しあったりする伝説も遊行する星の神になぞらえたからじゃないのか！

大将軍八神社は七九四年に大和《やまと》の春日山から勧請《かんじょう》された。内裏の北西側に置かれたのは、古代からこの方角が魔物の出入りする門だと恐れられたからだった。鬼門のある東北よりも古くからあった「災いの方位」であるのだそうな。やっぱり出雲の築地松の屋敷は正しかった！　元祖「鬼門」は北西側に位置していたのだ。

ここは陰陽道の大資料館だ！

方徳殿には、まだまだすごい宝物があった。澁川春海《しぶかわしゅんかい》という江戸時代の天文学者がこしらえた星図と天球儀だ。この人は、日食や月食も予言できないと徳川家康に批判された陰陽道を改修すべく自分で観測のやり直しからスタートし、ついに新暦法を完成した。

そのついでに春海は、安倍晴明以来つづいてきた陰陽道を宗教哲学としても大成し、土御門《つちみかど》神道を確立する力ともなった。

まさに陰陽道の大資料館みたいなところだが、おもしろいのは、この神社に稲荷《いなり》のお札を発売する権限があることだった。稲荷のお札のおかげで幕末あたりはかなり入金があったようだ。星とお稲荷さん？ これにも何か秘密がありそうだ。

そこで出てくるのが、安倍晴明が書き伝《のこ》したと伝えられる（どうも後世の偽作らしい）陰陽道の奥義書『簠簋内伝』だ。これに八将軍と牛頭天王のふしぎな物語が書かれていた。

牛頭天王は名のとおり「黄牛《こうぎゅう》」の顔と角をもつ不気味な神だった。この神が南海の龍宮に住む王女を妻にしようと八万里の長旅に出た。途中、天竺《てんじく》の近くの「夜叉国」で巨旦《こたん》大王に宿を貸してほしいと頼んだが、断られた。そこで牛頭天王は蘇民将来《そみんしょうらい》という貧しい老人の家に泊めてもらい、無事、龍宮城に着くことができた。

二人は結婚し、八人の王子をもうけて北天へ帰ることにした。が、その途中、牛頭天王は夜叉国の冷たい仕打ちを思い出し、宿を断った巨旦大王を滅ぼせと八王子に命じた。しかし、前兆を感じとった巨旦は陰陽博士に相談し、牛頭天王に宿を貸した蘇民将来の子孫と名のり、桃の木の札を身につけて難をのがれた。

以来、恐ろしい祟り神となった牛頭天王と八王子の攻撃を防ぐ「泰山府君」という北極星の神の秘法を、晴明をはじめとする陰陽師がおこなうようになったのだそうな。実はこの牛頭天王、日本ではあのスサノオノミコトと同一視されている。

「奇ッ怪な話ですね。スサノオといえば荒ぶる神で黄泉《よみ》の国の支配者だが、泰山府君という星神も冥界で死者を裁く神さまだ。それで牛頭天王も北の果てに住み、死をもたらす祟り神とくれば全部が死者とも関係していることになりませんか！」

と、伝説に強い寺社奉行がいう。

なるほど、安倍晴明の伝説に、戻橋の上で死んだ父親を復活させた（だから戻橋という）という話があるのも偶然じゃない。

そして、ついに「とどめ」！　お稲荷さんと陰陽道の関係もわかった。大将軍系の神社には「辰狐《しんこ》」という神を祀るところがある。辰狐には八人の童子がいて、第七童子は陰陽の術を使って人びとを助けるといわれる。しかも辰狐はつねに二人の式神をともない、遊行して福徳と寿命とをつかさどる。

つまり、狐をシンボルとするお稲荷さんも牛頭天王と同じ星の神だった！

そういえば、天を走る流星は昔は「アマツキツネ＝天の狐」といった！　われらは大将軍八神社へ来て星の神と風水がつながっている事実を確認したばかりか、祟り神と武将とお稲荷さんの関係まで知ってしまったのだ。さあ、これからは新しい目をもって京の街を妖怪巡礼するぞ。

❖大将軍八神社❖

平安京を造った桓武天皇が内裏を護るために京都の四方に置いた大将軍社のひとつという説もあるが定かではない。元来は大将軍堂といい、暦の神の八神を祀っていたが、江戸時代にスサノオノミコトの子供の八神と合体し、大将軍八神宮となり、さらに明治時代になって大将軍八神社となった。

この神社は平安時代末期には大人気となり、祇園八坂神社、賀茂神社などと同等にもてはやされた。平清盛の福原遷都、源頼朝の上洛の時にも、当神社の存在を恐れ、計画を変更したといわれている。

神像が収められている方徳殿は神像保管のために造られたもので、三階に春海の天球儀や八将軍の掛け軸などがある。

ＪＲ京都駅より車で二十分、京福電鉄北野白梅町駅より徒歩五分。

晴明神社〈日本史上最強の呪術師はここにいた〉

京都は星に護られた都だ、という大テーマが、知られざる風水ポイント「大将軍八神社」の巡礼のおかげではっきりした。

将軍という名称にしても、どういうわけで都を護る武将に与えられる名誉ある称号になったか、「星」をキイワードにすると、おもしろいように判ってくる。

で、天の星を研究するのが天文博士、この星と人間社会との関係を占う人が陰陽博士、さらにこの星を地上に降ろして、よい星・わるい星を調べるのと同じように、よい土地・わるい土地を選ぶのが風水先生といった見通しをつかんだ巡礼団。ここらで陰陽道最大の英雄・安倍晴明の遺跡・遺物を見学しないとおさまらない気持になった。

晴明を祀った晴明神社は、もちろん、昔から物語として有名な一条戻橋のそばにある。かつて安倍晴明の屋敷がここにあり、たくさんの式神が仕《つか》えていた。ただ、晴明の奥さんが式神を怖がるので橋の下に住まわせていたのだそうだが。一説に、橋の下にいた式神が「河童《カッパ》」のはじまりだそうだ。

堀川通に沿って走りながら、堀川とは逆サイドを注目していると、戻橋のあたりに立派な鳥居が見えてくる。ここが、めざす晴明神社だ。

女の子に大人気の晴明神社

さっそく本殿に参拝し、屋根を見上げたとたん、団員からドッと歓声がわきあがった。屋根瓦のふちに、あの五芒星《ごぼうせい》マーク、すなわちドーマンセーマンの護符がちりばめられていたからだ。

拝殿の脇にたくさん結んである絵馬を見ると、圧倒的に女の子の願《がん》をかけた札が多くて、びっくり。物好きな団員がチェックを入れた。妹の霊を落としてくださいという真面目な願いもあるにはあるが、

「京極夏彦さんの本で安倍晴明を知り、お参りにきました」

「岡野玲子センセ、『陰陽師』のマンガ連載、ガンバッテください！」

などの、ファンレターと勘違いした絵馬が目立つ。巡礼中にも四、五人の女子高生が境内に入ってきて記念写真を撮っていた。めずらしく若い娘に人気があるのも、ホラー小説やマンガに安倍晴明がやたらと登場するようになったせいだろう。

「団長、晴明さんを有名にしたのは『帝都物語』だったのにネエー」

と、デリカシーを知らぬドライな青年、松丸勘定奉行がほざく。

「まったくけしからん。ここは本家本元として、晴明さんの偉さをわからせてやりませんとね」

などと、タバコの喫い過ぎですこし頭が曇った川口寺社奉行もわめく。

よろしい。それじゃ安倍晴明の御《ご》真影《しんえい》を拝むことにしようか。

社務所でお願いすると、禰宜の山口琢也さんが巡礼団のために特別に社宝を見せてくださった。それは晴明像が描かれた極彩色の絵で、掛け軸になっていた。

全員、絵を見て、またしてもオオッと唸り声をあげた。

両手をふしぎな形に組み、瞑想状態か入神状態に入っている中年の晴明さんがいた。すごい威厳がある。几《き》と呼ばれる一種の台の上に座る晴明さんのかたわらで、松明《たいまつ》をかざす鬼が一匹いる。これが「しきの神」、つまり、晴明が手足として遣ったふしぎな霊体「式神」なのだ。

晴明の家は、人もいないのに門が開閉したり、戸が開いたり閉まったりするので、恐れられていた。実はこれ、目に見えぬ式神が命令にしたがって用事をしている光景だった。まさに魔法使いの家ではないか。

社伝によれば、朱雀《すざく》帝から一条《いちじよう》帝まで六代の天皇に仕え、天の星を見ては宮中の変事を予知し、暦を占っては世間の運勢を教え、魔物退治、邪気除け、そして都を霊的バリアーで封じるという多方面の活動をおこなった。

平安の末期、一条天皇の時代に八十五歳で亡くなったので、朝廷から南北二丁、東西一丁の途方もなく広大な土地をいただいた。晴明は稲荷大神の分霊だというので、神として祀られ、この晴明神社が創建されたという。

その後、どうも陰陽道に敵意をもっていた秀吉のために社地を削《けず》られ、戦火にあうなどして、ごく小さな敷地になった。それでも神格は高い。

式神は稲荷のキツネだった

「ねえ。晴明公はお母さんがキツネで、葛葉《くずのは》って女性でしたよね。それでお稲荷さんの分霊になったんですかね？　前回の大将軍八神社も、やっぱりお稲荷さんと結合してましたが、星とキツネの関係って、どうなってるんですかね？」

と、掛け軸を撮影しながら絵師・田巻斎が奇跡的に質問を口走った。この絵師は、中華料理を食べ、アルコールが入らないと口が軽くならないのに、めずらしいことだった。しかし、団長は掛け軸の絵を見ながらウーンと唸りつづけるばかり。田巻斎、心配になって団長の前に手を出し、上下に動かした。

「まさか、失神してるんじゃないでしょうね？」

「バカ者、団長はあまりに大きなヒントに絶句しとったとこなのじゃ！」

と怒鳴りながらも指し示したのは、晴明公の足もとで松明をかかげている式神だった。

「この式神って、実はお稲荷さんのキツネだったんじゃなかろうか。ほら、どっちも火を持っているじゃろ！」

団長は叫んだ。

たしかに稲荷のお遣いキツネも頭にキツネ火をともしている。どちらも魔力をもつ「遣い魔《メッセンジャー》」だ。

稲荷のキツネが、なぜ火をともすのか？　その理由は稲荷という神さまにある。ふつう稲荷は稲の神だけれど、漁業や海・川を守り、ついでに城や砦《とりで》の守り神でもある。将軍とのかかわりが出てきそうだ。

海や川、そして城や砦に祀られた稲荷は火を管理した。つまり、灯台の役割を果たした。だからこの社《やしろ》は、「タタリ」で有名な羽田の穴守稲荷をはじめ、港や岬に多い。現に、穴守稲荷の赤鳥居は羽田空港が開港したあとも撤去できず、駐車場にずっと残っていた。お祓いをしてやっと取りのぞいたのが、つい最近、一九九七年の話なのだ。約七十年も祟りにおそれおののいていたことになる。

もっとも、羽田の穴守稲荷も元来は水田の神でなく、船のために火を点す神だったといわれる。稲荷が夜、火をともして人びとをみちびくから、キツネもキツネ火を持つようになった。だからこれを「火知《ひし》り」という。「聖《ひじり》」の語源だともいわれる。そして、夜になると光るキツネの火——これは要するに「星」のことなのだ！

団長は、あらためて晴明公の肖像にぬかずいた。松明をもつ式神の絵が、ついにキツネと星の関係を教えてくれたのだ。

そのとき、

「アッ！」

と、川口寺社奉行も声を出した。何事ならんとふり返ると、やっぱり式神を指さしてふるえている。

「星は火でもあるって言いましたね。火の神って、それ荒神さんと同じじゃありませんか！　土地を守る荒神は風水の神であるのと同時に、カマドだとか火の神さんなんですよ！」

やっぱりそうか。それにしても、今まで謎だった神々の関係がこんなにいろいろわかるなんて。日本の神秘な文化の根っこには、やっぱり星と陰陽道がある証拠だ。

われわれは社務所でドーマンセーマン印（正しくは晴明桔梗《せいめいききょう》印という）のお守りを買い、ついでに暦もいただいた。これをペラペラめくったら、いきなり八将軍と金神の記事にぶつかってしまった。

「今年は大将軍が西にいて、三年ふさがりだ。なんでも災《わざわ》いをもたらす歳刑星《さいきょうせい》は北西の方向だね！　しかも、豹尾星、つまり荒神さんの尾も北西にあるよ！　いや、そうか、尻尾に大きな意味のあるコワイ流星だから豹尾神はキツネの神――お稲荷さんの正体でもあったんだな！」

さすがは星を見て変事を予知した大陰陽師の神社だ。稲荷と星のかかわりについての止《とど》めばかりか、八将軍の位置まで教えてくれた。この八つの星は年によって方位を変える厄介なやつらだから、それを計算する陰陽道が大事にされたともいえる。


土用の星の「殺す力」とは？

暦のパンフレットには、さらに、動きまわる星の神のなかでいちばん恐ろしい「金神」についても書きこみがあった。星の大神「牛頭天王」の敵であった巨旦大王の魂が結晶してできた祟り神のようだ。

が、そのときだった——。

「団長、この金神って、どう読むんです？　コンジンかな？　それとも陰陽五行で木火《もくか》土金水《どごんすい》というから、ゴンジン？」

日本文化の神秘を一切知らないドライな松丸青年がヘラヘラした声で尋ねかけてきた。ゴンジン？

ここで団長のHP《ヒットパワー》が全回復した。ファイナル・ファンタジーⅦの「クラウド」（知らない人はゴメンね）みたいに全身から星を光らせた団長、大声でこういい放《はな》った。

「そうだったよ！　オイ、大将軍は正しくはダイショウゴンと読むそうだ。ショウゴン神で、ゴンジン！　やっぱり日本は、星に護られ、しかも星に祟られた国だったぞ！　金神もまた、八将軍のひとつ大将軍星のことだったと、今、ピンときたよ」

団長が興奮したのも無理はなかった。なぜなら、大将軍も金星の神であって、しかも季節のうち「土用《どよう》」をつかさどるからなのだ。

えっ？　土用なんて季節は知らない？

知ってるだろう？　「土用ウシの日」にウナギを食べないか？

あの土用というのは実は「季節」のことなのだ。ふつう四季節だが、五行の木火土金水に合わせると木＝春、火＝夏、金＝秋、水＝冬となって土が余る。そこで四季節から終わりの二週間程度をそれぞれもらってきて、土用という第五の季節をつくった。つまり、季節の変わりめ、季節の終わりなのだ。

終わらせる力、殺す力――だから土用の星はおそろしい。

では、これに関係した「終わる方位」というのはどこになるか？　もちろん、十二支のラスト戌《いぬ》と亥《い》で「乾《いぬい》」。どんぴしゃり北西である。ここが災いの出入口だから封じなければならなかった。食べものの終わりの形であるウンコやオシッコを捨てる便所も、北西につくれば魔物の力を強める！　だから禁じられている！

これではっきりした。鬼門がある東北は、こんどは逆に生命や暦が始まる方位なのだ。ここを汚《けが》せば生はよみがえらない。

われわれは晴明神社の前でバンザイしてしまった。日本の星の謎が、やっとすこし解けた気がして、うれしかった。

❖安倍晴明と式神❖

日本史上最強の呪術師・安倍晴明の生涯には謎が多いが、九二一（延喜二十一）年に生まれ、一〇〇五（寛弘二）年に八十五歳で死んだというのが定説。

父親は宮廷陰陽師の保名で、母親は大阪・和泉市の信太《しのだ》の山の森に棲む白狐の化身・葛葉姫。彼女は後に浄瑠璃や歌舞伎で有名になったが、晴明はこの母親から霊力を授かったといわれる。彼の若き日の姿は「今昔物語」に描かれている。

式神とは陰陽師が意のままに操れる鬼神のことだが、大別してふたつのタイプがある。ひとつは紙や木片に命を吹き込んで操るタイプ。もうひとつは、呼ばれると異界からあらわれて働く生き物系のタイプ。後者では特に晴明の十二神将が有名である。

❖晴明神社❖

安倍晴明が死んだ二年後の一〇〇七（寛弘四）年に、その霊を祀って創建された。本文にもあるように、当時は広大な土地を所有していたが、応仁の乱や秀吉による区画整理などによって縮小し、社殿も荒れ果て、社宝や古書も散逸してしまった。

しかし、氏子が中心となり、一九二八（昭和三）年に社殿・社務所を新築。さらに境内を拡張、鳥居の建立などを行なって今に至る。神社の傍には有名な一条戻橋がある。ここで晴明の父親・保名がライバルの陰陽師・蘆屋道満に殺されたが、晴明の呪術によって蘇生したと伝えられている。

ＪＲ京都駅より市バスで堀川今出川下車、徒歩三分。拝観自由。

晴明。

——暁の星神——

☆加門七海

（前略）

六

晴明《せいめい》は、美福門《みふくもん》から大内裏《だいだいり》の外へと抜けた。夜が来て、既に京中《きようちゆう》に用なくうろつく人影はない。

彼は息を吸い込んだ。冷えた夜気が清々と肺に流れ込んでくる。

「殺してやる……か」

単純な保憲《やすのり》の心など、すぐ読める。

「馬鹿な奴」

晴明は大路《おおじ》の脇に佇《たたず》んだ。排水溝の水の流れに、月影とともに自分が映る。髪も服も乱れている。彼はそこで女のように、手櫛《てぐし》で髪を整えた。

殺意の波動には馴《な》れている。幼いときから晴明は、周囲の人から、ささくれた殺意と敵意を受け取っていた。

近所の夫婦。通りすがりの陰陽師《おんみようじ》まがいの旅の者。そして実の父親からも。

晴明の父――安倍益材《あべのますき》は、我が子に激しい憎悪と殺意を覚えていた。

安倍もまた、陰陽道を護《まも》る家系だ。真面目な父が懸命に修行して得た術や知識を、幼い彼は易々と、一度見ただけで身につけた。それが父のプライドを深く傷つけていたことに、気づいたときは手遅れだった。

「化物」

父は罵った。

「お前の母は化物だ！」

晴明は母の顔を知らない。物心ついた時には、すでに母はどこにもいなかった。素性の卑《いや》しい女性だったと、彼は思う。けれども父は、それを母が化物だという話に勝手にすり替えた。そして我が子を調伏する機会を窺い、果たし得ず、始末を京《みやこ》の陰陽寮に任せることにしたのであった。

（自分で殺さなかったこと――あれが父の中に残った、最後の愛情だったのか）

晴明は思う。

（いや、違う。父はとうにわかっていたのだ。俺には勝てないということを……）

哀れなものだ。そして惨《みじ》めだ。呪術師という「化物殺し」は、結局、名誉や地位に餓《かっ》えた底辺の技術屋でしかない。彼らは地位を獲得するため、闇に怯える小心な人々を脅し、ライバルを蹴落とすことに汲々《きゅうきゅう》としている。

「くだらない……」

彼は薄く笑った。

他人を引きずり降ろしたところで、自分が空席に座れるなどと思う方が間違っている。才能は指定席みたいなものだ。席が空《あ》いても、他の者が座ることは許されない。

「殺しても無駄さ。お前らは、俺の場所には来られない」

晴明は続けて、呟いた。

「俺は天才だからねぇ」

そして歯を見せ、ククッと笑う。

水に歪んだ影が映った。

痩《や》せた輪郭《りんかく》が汚水《おすい》に映って、本当の化物のように見える。

気分が悪くなってきた。晴明は胸を押さえて、屈んだ。吐き気が込み上げ、唇が妙に乾いてワナワナ震える。

「ちくしょう……！」

彼は水に映った自分に、唾《つば》を吐きかけた。

「化物……。この、化物がっ」

喉が鳴り、吐瀉物《としゃぶつ》が汚水に落ちる。胃はほとんど空っぽだ。黄色い胃液が喉を焼く。

晴明は激しくむせ込むと、汚れた両手で顔をこすった。

温かいものが指に触った。涙だ。むせて、涙が流れた。

「……………」

彼はそれを、珍しいものでも見るように、月に曝《さら》した。

夜は静かだ。泥と汚物と僅かな涙に汚れた指を、冷たい月が照らし出す。天鵞絨《ビロード》の闇と星辰が、晴明を包み込んできた。

彼は長い吐息を洩らした。そして諦めたように、晴明はダラリと手を下げる。

「……………」

一旦、弛緩《しかん》した顔が、緊張を取り戻す。彼は唇を引き締めた。そして顔を振り向ける。

向こうの小路《こうじ》から、いくつかの生きものの気配が迫ってきていた。

(人間だ)

晴明は、とっさに隠れ場所を探した。が、隠れる前に群れた気配は、目ざとく彼の姿を見つけた。

「晴明か」

覚えのある声——同僚の陰陽師達だった。

星見の交替時間は、戌《い》の刻。そのための外出にはまだ早い。彼らはここで、晴明を待ち伏せしていたらしかった。

「よくも無事で戻ったな」

ひとりが唾を吐き捨てた。

「神祇官《じんぎかん》で調伏されて、骸《むくろ》で帰るのを待ってたのによぉ」

「お前。まさか、大中臣《おおなかとみ》を喰い殺してきたんじゃねぇだろな」

勝手なことを言いながら、男達が晴明を取り囲む。晴明は口を結んだままだ。何を言っても無駄である。彼らが晴明に、敵意以外の感情を持つことはない。

晴明は男達を見回した。そして僅かに眉を顰《ひそ》める。

「生意気なツラしやがって」

それを見て、ひとりが彼を小突いた。

「こないだは化物呼び出して、仲間を痛めつけたんだってな。今日はそうはいかないぜ」

得意げな顔で、別の男が懐から呪符《じゅふ》を出す。結界でも張る気なのだろう。

(馬鹿馬鹿しい……)

晴明は息を吐いて、呟いた。

「俺は化物を呼んではいない」

「嘘をつけ！」

「化物は、味方ではない」

「それなら、お前にやられた奴らが嘘をついたって言うのかよ？」

案の定、陰陽師らは晴明の少ない言葉のうらから、彼をいたぶる理由をみつけた。これで晴明が肯定すれば、侮辱《ぶじょく》したと殴るであろうし、否定すれば、晴明を化物の眷属《けんぞく》と見做《みな》して殴る。

故に、晴明は答えなかった。男達がジリジリと間合いを詰めて、迫ってくる。晴明はもう一度、改めて彼らの顔を見渡して、

「帰れ」

突然、言い放った。

「なんだと⁉」

「お前達の顔……死相が出ている」

陰陽師達の影の後ろに、晴明の目が向けられる。

漆黒の闇を隔てた向こう——僅かな光を自ら発して、キラキラ輝くものがある。

「このガキ！」

気配に気づかずに、男が晴明に飛びかかる。晴明はそれを辛うじて避け、道の脇に飛

び退《の》いた。

「もう間に合わない」

そして、やにわに駆け出して男達から距離を取る。

「逃げるか！」

「このガキッ」

「お、おい、ちょっと……？」

輪の外れにいた青年が、その時、皆の注意を引いた。声の上擦《うわず》った様子を聞いて、残りが思わず背後に振り向く。

大王《おおきみ》の冠《ほう》そっくりの黄金が宙にさざめいている。

「誰だ？」

前に立っていたひとりが、小声で誰何《すいか》した。

答えはなかった。一丈もある大きな影がその声に、いたくゆっくり歩を進めてくる。

陰陽師達の手にした灯りに、袍《うえのきぬ》の色が映った。僅かな橙《だいだいいろ》色の灯りを受けて、見事な織りが、くすんだ黄から火のような赤に変化する。

「ま、まさか……!?」

光を受けて日の色に燦然《さんぜん》と輝く衣は、ただ天皇にのみ許された、類《たぐい》なき色——黄櫨染《こうろぜん》。

陰陽師達が躙《にじ》り下がった。

周囲の空気が森閑《しんかん》と、冷気を帯びて静まり返った。殺意だ。人の殺意などとは、比べものにならないほどに充満するそれは、根源的で留めようなく巨大であった。

「う、わ……」

場から逃げようとする、男達の足が竦《すく》んだ。

黄櫨染をまとった影は、なおも静かに歩み寄り、顔を袖《そで》で隠したままに空気を凍らせる声で呟く。

——悪事《まがごと》も一言……

「主上《おかみ》？」

「違うぞっ」

一言主《ひとことぬし》の存在は、まだ陰陽寮には伝わっていない。だが、正体がわかったところで、できることは何もなかった。

影は続けて呟いた。

——殺

刹那。凍った空気が自ら鋭い刃となって、立ち竦む陰陽師達を襲った。

「！」

口を開けていた男の首が、音を立てて胴から離れる。地面にビシャリと、血が撒《ま》き散った。一言主の言葉を受けた空気は、見えない剣《つるぎ》となって次の男の胴を薙《な》ぐ。

「ぎゃあっ！」
悲鳴が闇に響いた。逃げ惑う足音と剣の唸りが、突如、夜をかき乱す。
晴明は一人、離れたところでその惨劇を凝視していた。
一言主による殺傷力は、広範囲には及ばない――晴明は経験からそれを悟っていた。
だから悪事を聞く前に、遠く離れてしまえばいいのだ。
（しかし一旦、言霊《ことだま》に捕らわれてしまえば、命はない）
「うわあぁっ！」
再び悲鳴が聞こえた。目の前に斬られた片腕が、回転しながら落ちてくる。
晴明は数を数えた。
（あと、二人……）
今日の被害者は、やたらと多い。そして、やり方も乱暴だ。場所は四条。先日よりも、
また少し内裏《だいり》に近づいている。
（そのせいか？）
一言主を最初に京《みやこ》の外れで見たとき、一言主は悪事で相手に傷をつけただけだった。
それが次第に殺害となり、数が増え、やり口が残虐《ざんぎゃく》になる……。
「ギャアァッ!!」
二人のうちの一人が、胴から上のみを地面に伏した。立ったままの下半身から、大袈

裟なほどに血が噴き上がり、晴明の顔まで飛沫《しぶき》で汚す。一瞬、視界が真っ赤に染まった。

切断された半身が、膝を崩して倒れ伏す。

――平安京が、血に染まる。

幻が脳裏に蘇《よみがえ》る。

「た、助けてくれ。死にたくないよぉっ」

一人生き残った陰陽師が、血溜りに哀れな悲鳴を上げた。術を使って身を護るなど、考えつきもしないらしい。

しかし刃《やいば》に容赦《ようしゃ》はなかった。ヒュッと、空気が鋭く吼《ほ》える。途端、晴明は目を見開くと、飛び上がりざま、唯一残った陰陽師の前に降り立った。

袖を翻《ひるがえ》すと、その中に見えない剣が捕らわれる。

「やめろ」

言うと、剣が消えた。一言主の体が揺れる。晴明はそれを睨《ね》めつけたまま、

「逃げろ」

陰陽師に言った。

「ひ……」

男は腰が立たないらしく、頽《くずお》れたまま震えている。晴明がもう一度、苛立った口調で激しく命ずると、陰陽師は打たれたように、後も見ないで逃げ出した。

晴明は一言主に訊ねた。

「……目的は何だ」

遠のいていく足音を耳で聞きながら、晴明は一言主に訊ねた。

「京《みやこ》の破壊か」

一言主は顔を隠して、無言のままだ。いつもならば、質問に黙秘するのは自分の方だ。

晴明はこの状況の逆転に、僅かに苦笑して、

「お前、木乃《きの》の伴侶《はんりょ》だろ？」

重ねて、唇に言葉を乗せた。一言主は何も言わない。

「内裏の中に、あいつはいないぜ」

晴明が言うと、それはユラリと黄櫨染の袖を揺らした。

「！」

晴明の問いかけに、答えを返す気配ではない。

（悪事だ）

悟っても、距離を離す暇はない。晴明はとっさに身構えて、顔の前で指を弾いた。

親指と無名《むみょうし》指の間から、青い火花が飛鳥《あすか》となって、一言主に切り込んでいく。が、
その鋭い嘴《くちばし》が一言主に届かぬうちに、一言主の胸の中から黒い何かが飛び出した。

「!?」

刀の鞘《さや》だ。避ける間もなく、柄《つか》が晴明の肩口を撃つ。予想を超えた力であった。晴明

は地面に手をついた。一言主はその隙に、胸の穴に吸い込まれるよう、視界の中から姿をかき消す。

「――――！」

突然の空虚と変じた闇の向こうに、晴明が顕現《けんげん》させた火の鳥が行く。その耀きに照らされて、刹那、新たな男の影が浮かび上がったと見た途端、
パシィッ！

白い閃光が、飛鳥を縦に切り裂いた。

抜き身の刀を構えている。鞘の持ち主に違いない。

影は晴明を目に捉えると、躊躇なく距離を詰めてきた。

晴明が立った。間合いは短い。赤土を踏んだ男の足が、次の一歩で、犠牲者の血溜りの中にビチャリと踏み込む。

何者か、問う余裕もなかった。男はいきなり、晴明の頭上に刀を振りかざす。晴明はとっさに曝《さら》け出された男の懐に飛び込んだ。

長身の男だ。着衣を通して、張りつめた肉が伝わってきた。ぶつかっていった振動が、そのまま自分の身に跳ね返る。一方、男はびくともしない。

「！」

再び逃れる間もあらばこそ、晴明の背に男の腕が、刀身とともに振り降ろされた。

「ぐっ……は！」

柄頭《つかがしら》が、肋骨《ろっこつ》の下に食い込む。衝撃で体がまた、うち当たる。

「小僧」

肩を摑まれて、晴明はグイッと、突き退けられた。

化物ではない。人間である。刀を持つことに慣れている、太い大きな手であった。だが、この男が一言主に何の関わりを持っているのか。

訊ねることも許されず、晴明の頬が張り飛ばされた。足が滑って、小柄な体が無様に地面にひっくり返る。血の臭いが漂った。その鼻先に白刃《はくじん》が、間髪入れずに突き刺さる。

「化物か」

低い声が聞こえた。

見上げると、ガッシリと上背のある体軀《たいく》に圧倒されそうだった。陽《ひ》に灼《や》けた肌に太い眉、奥まった眼窩《がんか》が鷲鼻《わしばな》を一層高く見せている。衣冠の様や素振りから粗野な感じは拭えなかったが、それ故に、四肢から溢れ出る存在感は強烈だ。京の貴族なら「下賤《げせん》な」と、一蹴《いっしゅう》しそうな面立《おもだ》ちである。

「……」

晴明は息を詰めたまま、男の顔をじっと見上げた。男は隙を見せることなく、刀に手をかけている。

（一言主の眷属ではない）

彼は悟った。

男の影を包む気に、禍々《まがまが》しさは微塵《みじん》もなかった。男は多分、一言主の暴虐を見て、とっさに鞘を投げたのだ。そして晴明が放った化鳥《けちょう》を一言主からの攻撃——あるいは、その仲間からの応戦と見做して、自分を討とうとしている。

お互い、相手に誤解があった。晴明もまた、男のことを一言主の眷属と思い、挑んだのである。

誤解だ。だが、解く暇はない。

男が刀を引き抜いた。反射的に晴明は目を閉じる。風を切り裂く音がして、次の瞬間、晴明は激痛に意識を失った。

七

「葛城《かつらぎ》に行けたぁ、どういうことだっ！」

深夜、賀茂《かも》の私邸から、保憲《やすのり》の罵声《ばせい》が響き渡った。

「この時期に何故、父上が葛城に参らねばならん!?」

「中務 卿《なかつかさのかみ》の言いつけだ」

怒鳴り散らす保憲に、答えているのは忠行《ただゆき》だ。

「少納言様殺害の嫌疑が、賀茂にかかってな……」

「！」

保憲の顔が青ざめる。彼はつい今し方、神祇官から戻ったばかりだ。そこで父が、旅の支度《したく》を整えているのに出くわしたのだ。

「少納言様を殺害したのは——」

「一言主だってぇんだろ？」

父の言葉を、保憲は押し殺した声で引き継いだ。

「どうして、それを？」

「大中臣から聞かされたんだよ。賀茂の嫌疑についてもな」

保憲は座ることもせず、拳《こぶし》を握り締めている。忠行は支度の手を止めて、激した息子の顔を見上げた。

「一言主は、小角《おづぬ》様が葛城に封じている神だ。それが京中で暴れているのは、封じが解けたに違いない——卿は、そう思ってらっしゃる」

「だからって、確かめて何になる!? 葛城に行って帰ってくるまで、何日かかると思ってるんだ！ そんな無駄な時間をかけて、やっぱり逃げてましたって報告したって、しよーがねぇだろ！」

「だが万が一、一言主の封じが解けていたのなら、やはり咎《とが》は賀茂にある」

「ざけんな！　一言主がここにいるのは、既に知れたことだろう⁉　これで親父が留守《るす》の間に、また人死《ひとじ》にでも起きてみろ！　どうするんだよ。それを防ぐのが俺達、陰陽師の役目じゃねぇか！」

「保憲。声が大きいぞ」

「かまわん。皆に聞かせてやらぁ！　親父は当代一の呪力を持った陰陽師――それを京の外に出すとは、道真《みちざね》公の怨霊《おんりょう》や平将門《たいらのまさかど》騒動だけじゃ騒ぎが足りねぇってえのかよ。平安京がぶっつぶれても、俺は知らねぇからな‼」

保憲は床板を踏み鳴らす。父はそれに眉を寄せ、それからふと気づいたように、改めて息子に視線を向けた。

「大中臣に呼び出されたのは、一言主の件だったのか？」

「だから、そうだと言ったろう！」

保憲はまだ怒鳴っている。

「しかし、呼び出しを受けたのはお前ではなく、晴明だ。なぜ晴明が？」

「それは」

保憲は一瞬、詰まってから、嫌な笑いを口に浮かべた。

「一言主を操ってるのは晴明――と疑っているからさ」

「まさか」

間髪を入れない答えに、保憲の顔がまた険しくなる。

「なんで信じられねぇんだよ」

「信じられないというよりも、晴明がそこまで手の込んだ仕掛けをするとは思えんよ」

「だったら……だったら、一言主は賀茂が操ってるっていうのか!?」

賀茂を窮地《きゅうち》に追い込んでまで、父は晴明の肩を持つのか——保憲は怒りで青ざめた。

冷静に考えれば、忠行の意見はそれとは異なっている。しかし今の保憲に、違いは見えない。忠行は思わぬ息子の逆上に、驚いた顔をした。が、その時、

「た、忠行様っ!」

外からひとり、男が転がり込んできた。

「陰陽師が……寮生がっ！　ば、化物に殺されました!!」

「!?」

裏返った声を聞き、ふたりは男に駆け寄った。男は床に手をついて、激しく肩を喘《あえ》がせた。ガタガタ震える全身に、点々と返り血がついている。

晴明に助けられ、唯一、生き延びた陰陽師である。

「どうした!?」

保憲は男の衿を、ひっ括《くく》らんばかりに聞いた。

「化物、化物に陰陽師が――」

「それは聞いたっ。どんな化物だ⁉」

「顔を隠した、そ、その、主上にそっくりの」

「馬鹿野郎! 顔が見えないってのに、主上にそっくりはねぇだろう!」

「でも!」

「……黄櫨染を着ていたのだな?」

横から、忠行が静かに言った。男が頷く。

聞いて、保憲は男の首を捕まえたまま、父を見た。

「一言主だ」

「陰陽師の力では、一言主に勝てぬらしいな」

忠行の眼差しが暗くなる。保憲は顔をひきつらせ、

「一言主に殺されたのか?」

再び、男に視線を向けた。

「わ、わかりません」

嗚咽《おえつ》を洩らし、男が途切れ途切れに答える。

「殺されたのは何人だ」

「四人」

「多いな。それだけ揃《そろ》って、何もできなかったのか」

「すいません。でも、保憲様……」

男は唾を飲み込むと、必死の形相で訴えた。

「俺達の他に晴明がいた。俺達、あいつをからかったんだ。そうしたら化物が出てきて。それで……それでもあのガキは、化物に襲われもしなかった！」

「何だと!?」

保憲の形相《ぎょうそう》が一層、激しさを増した。彼は宙を睨みつけると、そのままの視線を忠行の方に、ゆっくり振り向けた。

「少なくとも、賀茂の操る化物が陰陽師を殺すはずはねぇ――そうだろ、親父？」

「……」

「あのガキは、少納言が殺されたときも現場にいたんだぜ。大中臣能宣《のうぜん》は、それでアイツを呼びつけたのさ」

「保憲」

「もう、庇うなよ」

保憲は冷たい口調で言った。

「賀茂に罪を着せるため、晴明は一言主もどきを操り、京《みやこ》の人を殺したんだよ。今回、こいつらに逆上し、陰陽師を殺《や》っちまったのは、ちょっと浅はかだったが……。なあ?」

保憲は暗い顔で、男に笑った。男は一瞬、ぼんやりしたが、慌てたように深く頷く。

「あの野郎は、殺人鬼です！　化物です！　魔物です!!」

言うごとに確信を深めるように、男が声を高くする。

偽りを列《つら》ねているわけではない。男は真実、晴明が化物を使って、自分の仲間を虐《ぎゃく》殺《さつ》したと思い込んでいた。

以前から、彼を化物と罵り、半ば恐れていたのだ。助けられたことなどは、すでに忘れ去っている。

「殺してやる」

保憲は、己の決意を口にした。

「待て」

忠行が、慌ててとめる。

「彼を捕らえるのは構わぬが、処分は私が戻ってからだ」

「陰陽寮がこのザマなのに、それでもでかけて行くっていうのか!?」

「いた仕方ない」

忠行は、獲物《えもの》を定めた獣のような息子の顔に、吐息をついた。

「中務卿の一存ならば、なんとか逃れもできようが、関白《かんぱく》太政《だじょう》大臣《だいじん》からのお達しだということだから」

「関白？　藤原忠平《ふじわらのただひら》か！」

保憲の声が、また高くなる。

朱雀《すざく》天皇時、藤原忠平が摂政《せっしょう》に就《つ》いて以来、藤原家は急速に平安京で力をつけた。そして今年——承平七年、天皇が元服すると同時に、忠平は摂政をやめ、関白という新たな地位を手中に納めていたのであった。その権力は実質的には、天皇の上を行くものだ。

「あの野郎、闇の世界まで仕切ろうっていうつもりかよ」

保憲はその専横に腹を立てているらしく、吐き捨てるような口調で言った。

「一言主の存在は平安京の平和を乱す。そうなれば治世もままならないと、関白様はおっしゃった」

「しゃらくせぇ」

「保憲」

「わあったよ！」

保憲は床を蹴飛ばして、

「ここでぐずぐずゴネてたら、こっちの首が飛ぶってんだろ？　ここはおとなしく引いてやらぁ。親父は葛城にさっさと行って、さっさと帰ってくるこった。その間に晴明はひっ捕まえて、ひっ括《くく》る。ついでに留守中の京の様子も、不肖ながら俺が見る！」

「……頼んだぞ」

「任せとけ」

保憲は、不敵な顔でニッと笑った。忠行はそんな息子に、僅かながら苦笑する。

短絡的な保憲は、陰陽師として上等な跡取りであるとは言い難《がた》い。しかし、親の欲目とわかっていても、忠行にはこの長男が、どこか頼もしげなものに映った。末は陰陽師の頂点に立つ人物に育つと思いたかった。

「ならば、さっそく出立《しゅったつ》しよう」

「夜も明けないのに？」

「ああ、そうだ」

言いながら立ち上がる忠行の許《もと》、庭先から新たな影が近づいて、声を投げかけた。

「忠行様」

「おお、どうした？」

影は、星見番の陰陽師である。

「それが……」

陰陽師は、旅装束の忠行に怪訝な目を向けつつも、恐れながらと両手をついて、畏《かしこ》まって言葉を告げた。

「火急により、お知らせいたします。本日、寅《とら》の刻。東より客星《かくせい》が月を犯しました」

「なに!?」

客星は彗星《すいせい》であり、凶とされる星である。それが夜の太陽である月を差し貫いたというのだ。

――京中に凶兆あり。

「……」

忠行は天を見上げた。

無言で保憲も側に寄る。

「それでも……儂《わし》は行かねばならぬ」

忠行は強く首を振り、絞りだすように呟いた。

「親父」

「京を護ってくれ」

息子に、忠行は頷いた。

不安がよぎる。だが忠行は何かに急《せ》かされるように、それのみ言って部屋を出た。

(一体、何が起きるってんだ?)

また殺人が起こるのか？　それとも、それ以上の何かが……。

保憲の記憶の中にも、幻がゆらりと立ち上がる。

——平安京が、火に包まれる。

（晴明……！）

彼は拳を握った。

残ったふたりは、オドオドと視線を交わすのみである。

夜明けには、まだ間があった。

忠行が葛城に去った今、闇の静寂《しじま》はことさら深く、不吉な気配に充ちていた。

八

言葉にならない呟きを聞き、男は晴明に目を向けた。

うち伏した晴明の片腕が、何かを求めているように虚しく床を掻《か》いている。

「京《みやこ》……」

晴明は呟いた。息が詰まったかの如く、ヒクッと全身がひきつった。男は眉を曇らせて、投げ出された少年の手を取った。

指に指を絡めた途端、男の体がビクッと震える。思わず振りほどこうとして男が力を入れる手を、晴明はすがりつく如く、無意識の内に必死に求めた。

「……」

男は吐息をついた。そして目眩《めまい》を払う如くに頭を振って、手を取り直す。晴明の指に力が入った。人の温《ぬく》もりに蘇生《そせい》した水難者さながら、少年は大きく肺を膨らませ、顔から苦痛を引いていく。

「……」

晴明は、目を開けた。

灯《とも》しの暗い橙色が、壁に影を揺らめかせている。

「殺さなかった……？」

晴明は、その人影の持ち主に、ゆっくり視線を振り向けた。

「わけも聞かずに、人は殺さぬ」

男は言った。

「あの時は、余人の近づく気配がした。多分、検非違使《けびいし》。だから私は、お前を連れ去ったのだ」

低い声には遠国《おんごく》の東方の訛《なま》りがあった。晴明は起き上がろうとして、四肢の疼痛《とうつう》に歯を噛《か》みしめた。

男に殴られた痕《あと》――殊更《ことさら》に、鳩尾《みぞおち》のあたりが痛かった。男は多分、また柄頭で晴明のことを突いたのだ。

「人を殺さない？　だが、俺は化物だ。そう、言ったろう？」

「化物か、と聞いたのだ」

苦痛を押さえつけてまで敵意を向ける少年に、男はチラリと微笑んだ。

「疑いは晴れたか」

晴明は気を許さずに、男を睨む。

まるで、野性の獣《けもの》のようだ。獣は命を助けたところで、そうそう人には懐《なつ》かない――

男はそれを知ってか知らずか、

「疑っている」

答えを返した。

晴明の瞳が暗がりで、まさに獣の光を帯びる。男はそれに怯《ひる》むことなく、むしろ彼の眼差しの奥底に潜んでいるものを覗くよう、顔を近づけた。

「京の崩壊、一言主、憎悪、苦痛、それから……」

「何を!?」

「手に触れただけで伝わってきた。お前の念は強すぎる」

「!」

晴明はまだ男の手から、指を離していなかった。彼は慌てて手を振りほどくと、飛びすさって距離を離した。

保憲《やすのり》は幻覚を共有し、晴明をその主犯と見做した。男もまた同じなら、自分を魔と見

る に違いない。

男は床に座したまま、何も言わずに晴明を見る。

眼差しの先、灯りに浮かんだ少年は髪をふり乱し、凝固した血がそこここに、瘡《かさ》のように貼《は》りついている。まさに悪鬼そのものだ。そして敵意の塊《かたまり》だ。

男はそれを何と見たのか、ゆっくり彼に背中を向けると、隅から折敷《おしき》を引き寄せた。質素な食器に、冷たい粥《かゆ》と炙物《あぶりもの》が載っている。

「残り物だが。食うがいい」

男は指先で、押し出した。

壁を背にして、晴明が思わず怪訝な顔をする。確かに、ここ数日間、ろくに物を食していない。空腹だ。しかし、

「かまわないのか?」

「ああ。かまわない」

男はひとつ、頷いた。答えは多分、晴明の問いかけへの返事ではない。

晴明が聞きたかったのは、自分を化物と見ないのか、殺さないのか――ということだ。

男は気を遣《つか》っているのか、晴明から視線を外した。眼前に敵がいるのなら、するはずのない動作であった。

「……」

晴明はゆっくりと、器の載る折敷に近づいた。いかにも残り物らしく、椀《わん》の縁や箸《はし》が汚れていた。毒ということもないらしい。

彼はまだ戸惑いながら、糊《のり》のようになってしまった粥を口に塗りつけた。決して美味《うま》いものではない。そして、ひどく食べにくい。男はそれを察知したのか、

「白湯《さゆ》を持ってくるから」

と、今度は席を立ってしまった。

「……」

晴明は尚も戸惑った。白湯と一緒に刀でも持って帰ってくるんじゃないのか。いや、そんな手間をかけずとも、あの男なら素手のまま自分を殺すことが可能だ。

(すっかり疑心暗鬼《ぎしんあんき》だな……)

彼はため息をついた。

たとえ誰と一緒にいようと、ひとりきりでいる時ほどに心が落ち着くことはない。殊更、人間と一緒にいるのは晴明には苦痛なだけだ。

彼は周囲を見渡した。

殺風景な部屋である。簡素ながらも雅《みや》びめく神祇官とは、雲泥《うんでい》の差だ。几帳《きちょう》でも立てれば形もつくのに、肝心のそれは用なしとばかりに、隅に片付けてある。

(ここは、どこだ?)

晴明は今更、そんなことを思った。

箸を止めて考えていると、男が部屋に戻ってきた。湯呑みではなく、湯を張った手桶《ておけ》と布を手に持っている。

「？」

男はそれを、怪訝な顔の晴明の前に据え置くと、懐から茶碗を出して、桶から直《じか》に湯をくんだ。

「ほら」

「……」

「飯が終わったら、体を拭《ぬぐ》え。そして着替えろ。わかったな」

丸めた布は手拭いと、着替えの衣《ころも》であるらしい。

「どうして」

「汚れているからだ」

当然と言えば、当然の答えだ。男は続けて懐から、蛤《はまぐり》の殻《から》を取り出した。傷薬だ。晴明の顔が、ますます当惑した。

「自分でやれ」

男の方は、その顔を甘えとでも見たか、離れて壁に寄り掛かる。

（子供扱いか……）

晴明は、ねばつく口を白湯で漱《すす》いだ。

男の年は三十半ば。元服前の晴明は、確かに子供に見えるだろう。しかし自分を魔物と見るなら、情けをかけるのは間違いだ。害虫は小さいうちにこそ、始末をつけるべきなのだ。

(それをコイツは、わかってないのか?)

「……お前、何者だ?」

晴明は、自ら会話を持ちかけた。男は沈黙したままだ。

「おい」

「人に聞く前に、自分が名乗れ」

返る言葉は手厳しい。晴明は僅かに口籠もり、

「安倍晴明……陰陽寮にいる者だ」

不承不承《ふしようぶしよう》、名を告げた。

「陰陽師か」

「いや」

「じゃあ、なんだ?」

「厄介《やつかい》になっているだけだ」

厄介と聞いて、横顔を向けた男の口が歪《ゆが》んだ。笑っているのだ。晴明はムッとして、

唇をひき結ぶ。

（バカにしている）

侮蔑《ぶべつ》ではない。まるで、からかわれているようだ。晴明は男を睨《ね》めつけた。男はそれを意にも介さず、居ずまいを正すと、晴明を見た。

「相馬小次郎《そうまのこじろう》平将門《たいらのまさかど》。故あって、京《みやこ》に留まっている」

「！」

低い声の名乗りを聞いて、晴明は息を呑み込んだ。

平将門——京にいて、その名を知らない者はいない。

晴明は、目の前にいる男の姿を凝視した。

刑部省《ぎょうぶしょう》の裁判に、将門が被告人として初めて立ったのは二年前。父の遺《のこ》した領地を巡る戦《いくさ》についての問題だった。その裁判に勝訴して、彼は一度は帰ったものの、再び京にやってきた。

今度は、彼が原告だった。またもや戦を仕掛けられ、妻子《さいし》を殺されたからである。

敵は将門一人を除いた、東国平氏の親類縁者だ。無論、単純に話を聞けば、領地を横から奪おうとした叔父《おじ》達の方が悪い。だが、何故か時が経つほどに、将門の形勢は不利になり、それどころか最近は謀反《むほん》の疑いまでかけられていた。

朝廷に楯突《たてつ》く、東の蛮人——口さがない人々は、将門のことを、そう評していた。

「ここは獄舎《ごくしゃ》か？」

晴明は思わず、口を滑らせた。

「いや」

将門は怒りもせずに、

「談天門の外側だ。獄舎も刑部省も近いがな……」

再び壁に寄りかかる。疑いの目で見られることは、馴れているといった風情であった。

晴明はそれに気がついて、己に心で舌打ちをした。

自分に向けられた偏見を、そのまま他人に向けている——恥ずべきことだ。だがしかし、大内裏近くに、謀反の嫌疑をかけられた男が寝泊りするのは変だ。

「誰が——」

ここにいろと言ったのか。詰問《きつもん》をしているような調子に、思わず晴明が言い淀《よど》む。将門はそれを察知して、

「藤原忠平《ただひら》」

太く、通る声で答えを返した。

「東国の話を色々聞きたい、そのためには私を内裏の側に置いておくのが便利と申して……。随分、勝手が許されるのだな」

彼は低い声で笑った。

将門は若い頃、藤原忠平に仕《つか》えたという。しかし望んだ官位を得られず、相馬国《そうまのくに》に戻ったと聞く。

（忠平を恨んでいるのだろうか）

望んだ身分は大舎人《おおとねり》――陰陽師よりも低い官位だ。それすら手に入れられぬまま、彼は未だ無官のままだ。

晴明は黙して、彼を見つめた。

将門は壁に凭《もた》れたまま、片膝に肘を載せている。苦しい立場にいるはずなのに、その姿はどこか悠長《ゆうちょう》だ。

孤独、嫌疑、周囲にいる敵。晴明と彼の環境は、似ているといえないこともない。それでいながら、お互いの態度の差は何なのだろう。

「……………」

晴明は無言のまま、言われたとおり服を脱ぐと、体を拭《ふ》いた。薬を塗って、新しい衣服をつけると、それなりにホッと安心するものがある。

「京を救いたくはないか」

それを待っていたように、将門は突然、口を開いた。

「!?」

晴明は、言葉の意味が理解できずに彼を見る。将門は晴明に視線を当てて、

「先程の禍々しい夢——あれをお前は承認する気か」

「承認？」

「あれは予知夢だろう」

将門は言った。

「どうしてそれを——」

思わず、晴明が聞き返すと、

「私も同じ夢を見る」

それにさらりと、彼は答えた。

「なっ——!?」

「他にも、いるかも知れないな。同じ幻を見ている者が。普通ならば悪夢を見たと、それで終わってしまうだろうが」

「……」

紡《つむ》ぐような低い声音に、晴明は返す言葉をなくした。

同じ幻を見る者がいる。それを晴明の罪と言わずに、未来と受けとめる者がいる。

衝撃だった。嬉しいと思うより、ただ驚異であった。

将門は続けた。

「私が夢を見始めたのは、つい最近だ。私は後先を考えず、刑部省の者にそれを話し

「それで……？」

晴明が先を促す。

「一蹴《いっしゅう》された」

「……」

「のみならず、その事が謀反の嫌疑となった。夢は願望だと言うのだよ」

将門は淡々と事実を述べる。晴明の顔が硬くなる。自分の時と同様だ。保憲は共有した幻覚を、晴明の企みと見做したのだ。

（人など、くだらないものだ。何も見ず、聞かず、滅びればいい）

晴明の眼差しがきつくなる。将門はそれをどう思うのか、低い声で語り続ける。

「その時、気づいたことがある。確かに夢は善《よ》かれ悪《あ》しかれ、願望に似ているところがある。殊に予知夢は認めてしまえば、夢がそのまま現実になる。お前のように呪力を持った者の場合は殊更に、認めた夢は現《うつつ》となって、この世に噴き出してくるだろう」

「……」

晴明は視線を揺らした。

彼が見るのは、夢ばかりではない。現に醒《さ》めている時も、光となり、音となり、幻は眼前に顕《あらわ》れる。

(認めてしまえば、真実になる?)

ならば幻に打ち勝てば、京は無事なままなのだろうか? 未来は、果たして変えられるのか?

「京を救いたくはないか」

将門は重ねて、彼に訊ねた。晴明の喉がゴクリと鳴った。彼は唇を嚙みしめて、それから吐き出すようにして、半ば叫ぶ如くに答えた。

「救いたくないっ」

「それならば、京の破壊に手を貸すか?」

「……」

「見過ごせば、そういうことになる」

咎《とが》める口調ではない。しかし、晴明は聞いてカッとした。

「お前だって、憎いはずだろう!? 官位も得られず、馬鹿にされ、謀反の嫌疑までかけられて! それで、どうして平安京を護りたいなんて思うんだ!」

「さあな」

将門の答えは静かだ。

「ただ、この京は美しい。驕慢《きようまん》で、どんなに無慈悲でも、このように整然と整って活気のある場所は、他に知らない」

「馬鹿馬鹿しい」

「そうかも知れない。もし、父君の遺した土地が我がものになっていたならば、私は自分の得た土地をこのような場所にしたかった。……確かに馬鹿馬鹿しい夢だ」

彼は晴明に頷いた。男の瞳は何かに餓《かつ》え、故に鋭い。それなのに、どこかやるせなく哀しげだ。

(冬の野にいる獣のようだ)

晴明は目をしばたたいた。しかし彼はかぶりを振ると、

「生憎《あいにく》、俺は夢想家じゃない。京など、美しくもない。さっさと滅びてしまえばいいんだ」

心にふと感じたものを、払拭するような口調で言った。

「お前も死ぬぞ」

「生きていたいとは思わない」

「死を恐れぬのは、よくないことだ」

「……………」

晴明は言葉を呑み込んだ。

出会ったばかりの人間に何がわかると、彼は思う。憎悪も嫌悪も、自分という個体故に降りかかり、蓄積され、発酵《はっこう》してきたものだ。

(化物と言われ、化物ですらない……俺の気持ちが、お前にわかるか!?)

急に将門に憎悪を感じる。たとえ幻を共有しても、将門はただの人間だ。険しくなった晴明の顔を、将門はまだ見つめていた。そして、

「お前が、この世に生まれた意味を考えるがいい」

突然、言った。

「何故、そのように生まれてきたか――考えてみろ」

「!」

心を読まれたような台詞に、晴明がビクッと青ざめる。将門に霊力はない。それは確かなはずなのに、どうして彼は心の内を覗いたようなことを言うのか。

(俺が半端者として、この世に生を受けた意味……?)

考えたこともないことだった。だが、草木や杓子《しやくし》のひとつも、その形としてあることに、何か意味があるのなら――愛《め》でられ、蔑《さげす》まれることに、理由ではなく、意義があるなら……。

(俺は、何のためにいる)

彼は改めて、将門を見た。将門は、変わらぬ眼差しを晴明に向けているのみだ。

「俺は……?」

答えの見いだせぬまま、問うように晴明は呟きかけた。

135　晴　明。

その時、声をかき消すように外の闇から蹄《ひづめ》の音が、気忙《きぜわ》しげに近づいてきた。

「?」

馬は玄関近くに止まり、人の降りる気配が続く。

「晴明」

声が名を呼んだ。

「話がある。そこにおるのであろう?」

晴明は身を固くした。

声は、忠行のものだった。


（後　略）

鬼を操り、鬼となった人びと☆小松和彦
内藤正敏

◆陰陽師《おんみようじ》――政治まで左右した「呪い」の請負人

小松　僕たちが日本の歴史を考えるときに、どうしても忘れてはならないことの一つに、それを担ってきた人たちの心的世界はどうだったかということがあります。僕たちの側にひきつけていえば、鬼とされた人たちの心的世界ということにもなるんですが、それを支えていたものの一つが、さきほど出た役小角《えんのおづぬ》にシンボライズされる修験道《しゆげんどう》の存在だと思うんです。それともう一つ、とくに奈良から平安時代以降の歴史、権力の動きを考える場合、陰陽師、陰陽道の存在も見逃してはならないと思うんです。というのは、もともと陰陽道というのは、「占い」、つまり「裏」の世界をどう視《み》るか、という性格を持ったもので、自然現象・天変地異の予測から政治的流れの予測、はては家相の見立てまでといったぐあいに、それこそ森羅万象《しんらばんしよう》あらゆるものを占うんです。占いというと、いまの人は「当たるも八卦当たらぬも八卦《はっけ》」ぐらいにしか考えていないようだけど、当時としては現代のコンピュータ予測をはるかにしのぐ最新の「技術」だったわけです。ですから、陰陽師の見立てによって時の権力者の政治的方針までもが決められていたんです。それと、陰陽道には、実際に人を呪い殺したり、呪いを祓《はら》い落としたりする呪術も含まれていたので、政争によって政治的ライバルを陥《おとしい》れた権力者などには、とくに恐れられていたこともあるんです。だから、その「呪い」の請負《うけおい》人であった陰陽師について考えることは、とりもなおさず「闇」の世界を担ってきた人たちの精神世界を明らかにすることにもなると思うんです。

内藤　占いといえば、いまでも政治家と占い師は特別なコネクションがあるといいますよね。どちらの方針を選ぶかという政治的岐路に立たされた政治家とか、国会解散や選挙の投票日の設定、選挙演説の第一声をどこであげるかという場所の決定なんかに、占い師の御託宣をあおぐことがあるらしいですね。最後はそこに心のよりどころを求めるんでしょうね。

小松　それで、さきほど田村麻呂《たむらまろ》の東北遠征の話が出たんですが、このとき、ヤマト朝廷は武力ももちろんなんですが、同時に中国や朝鮮半島から新しくはいってきた宗教をかかえこんで攻めていくんです。大きな流れとしては仏教ということになるんですが、そのまえのものとして道教思想に影響された陰陽道と、その前身だといわれている呪禁《じゅきん》道《どう》があるんです。呪禁道というのは、典薬《てんやく》、いまでいう医者として、病気を予防したり治したりするのに呪術を用いたり、実際に人を呪ったりする方法なんです。こういう技術を持った人たち、要するに中国系、朝鮮系の渡来人ですよ、そういう人たちが奈良朝のあたりからはいってくるんです。

内藤　岩手県水沢市黒石村に黒石寺《こくせきじ》という寺があるんですが、この寺は田村麻呂が死んで約五十年後の貞観《じょうがん》四年（八六二）に建てられるんです。この寺に蘇民《そみん》祭という祭りがあって、七歳の子どもを鬼子《おにこ》という役に仕立てる、〝鬼子登り〟という儀礼があります。この鬼子について、ぼくは前に論じたことがあるんですが、これは鬼子に本尊を憑《つ》けて奥の院に封じこめるという意味が隠されているんです。これは、蝦夷《えぞ》にみたてた鬼子に本尊を憑けることによって、悪霊を守護神に変える呪術だと思うんです。これなんかも密教や呪禁道・陰陽道系の呪術が、中央から東北へはいりこんできた一つの例じゃないのかな。

小松　そういう呪禁道で使われる呪術の一つに蠱毒《こどく》というのがあるんです。「蠱《こ》」というのは虫、つまり動物のことなんですが、犬や猫、昆虫や蛇なんかを使う呪術なんです。

内藤　具体的にはどうやるんですか？

小松　あまりよくわかっていないんですが、動物を器《うつわ》に入れてとも食いさせて、最後に残ったやつをたぶん殺して毒の呪薬にするか、あるいはそれの魂魄《こんぱく》を操って呪いをかけたりしたんだろうと思います。

内藤　ひきがえるなんかも使うんでしょ。

小松　そうです。陰陽道では、かえるはだいじなんです。とくにひきがえる、蟇《ひき》ですね。僕が調査をしている高知の陰陽道系の★いざなぎ流なんかでは、「おんびき式」っていって、祈禱師が★式神《しきがみ》と呼ばれる一種の守護霊を蟇に憑《つ》け、それを相手のところに送って呪いをかけるという方法が、いまでも伝えられているんです。吉野蔵王堂の★蛙《かえる》飛び神事なんかもこれと関係があるんじゃないでしょうか。

内藤　使う動物には、なんか特徴があるんですか？

小松　おそらくその動物のビヘイビア（行動）とかイメージが関係してると思うんです。グロテスクであるとか、エネルギッシュであるとかね。それで、いま蟇の話が出たんでちょっとふれておきたいんですが、じつは日本には古くから「蟇目《ひきめ》の法」といわれる呪術があるんです。たとえば、これは『奈良坂村旧記』という、編纂《へんさん》されたのは近世らしいんですが、中世では、奈良坂に住んでいた「非人」の人たちが、弓弦《ゆづる》をバンバン打ち鳴らして調伏《ちょうぶく》、つまり人を呪い殺したり、怨霊を鎮めたりする呪術を行なっていたらしいんです。もちろん、いつごろから行なわれていたかは正確にはわからないんですが、もともと神話的には神功皇后《じんぐう》の危機を救ったという由緒を持っていて、『奈良坂村旧記』にも「天皇《ニ》悪鬼敵人降伏諸病難産平愈万福円満如意安全蟇目法於伝恵　奉《タテマツリ》　教《オシヘシ》　故《ユヘニ》寵《チョウ》安井有利《アイアリ》」とあるんです。まあ、蟇目というんだから弓弦をたたく音がかえるの鳴き声に似てたのかもしれないけれど（笑）、いずれにしても陰陽師系には弓を使って調伏していく方法があって、それが修験道にもとりいれられていって、狐《きつね》憑きなんかを落とすのにも使われるようになったんだと思います。

内藤　戸川安章《とがわあんしょう》さんが紹介している羽黒修験の狐落としの方法は、修験者が弓弦をベンベン鳴らしながら、弟子たちが狐が憑いたとされる人に四方から弓矢を射かけるというんです。それで狐憑きがぱたんと倒れると、山伏が鏡に狐を移して、狐憑きに水を吹きかけて正気にもどす。つまり、弓矢で憑依霊《ひょうい》を威嚇《いかく》して追い出し、鏡に吸収させてるわけですね。

小松　乱暴だな。

内藤　もちろん、身体にあたらないようにうまく射るらしいんだけどね。弓は呪具ですからね。津軽のイタコの古い人は、口寄せの時に弓を使います。裏に伏せた木箱の上に弓弦を置いて、細い棒でベンベンとたたきながら、「あーいーやー、極楽のー」と祭文《さいもん》を唱えるんです。それと、修験道の五方《ごほう》鎮めで弓矢を射つのもあります。

小松　ええ、あれは東西南北の四方に中央をいれた五方の悪魔祓いですね。そのなごりが、相撲《すもう》の弓とりでしょう。相撲をとって土地を荒らすわけです。そのために地の霊が目をさまして驚くから、それを鎮めなければならない。ですから弓取り式は、五方鎮めであり、地霊鎮めなんです。

内藤　山口昌男《やまぐちまさお》さんがいってるけど、四肢《しこ》を踏むというのも地霊鎮めです。山伏では反閇《へんばい》といって、足を複雑に進める禹歩《うほ》や、足を大きく上下に踏みしめる動作によって地霊を鎮めるんです。

小松　あれはもともと邪気を払い、富をもたらすという陰陽道系の呪術なんですよ。いずれにしても、相撲の世界っていうのは、まだ古くからのものが残っているんですよね。あれも山口さんがいってたんだけど、力水《ちからみず》は勝った力士しかあげられないでしょ。あれはマナ（呪力）の伝達なんですよね。それと、横綱は神様的存在で、だから注連縄《しめなわ》が張られているんでしょ。絶対にその地位から落ちない。弱くなったら引退させられるだけ、つまり捨てられるしかないんですね。このまえ引退した北の湖なんてスケープゴートですよ。まわりがよってたかって、もうおまえは力がないから「死んでくれ」っていうんで辞《や》めさせられちゃうんだから、典型的な王殺しのパターンですよ。老いたらダメ、呪力がなくなったらダメ……。

内藤　要するに、あとは戒名《かいみよう》みたいなもんですね、やめた相撲とりの親方株なんていうのは。

小松　戒名はちょっとひどいけど（笑）、年寄《としより》、つまり翁《おきな》になっちゃうんですね。三十歳にして翁、すごい世界ですね。それにしても、話がずいぶん脱線しちゃったなァー。

いざなぎ流　高知県香美《かみ》郡物部《ものべ》村に伝わる陰陽道的色彩の強い民俗宗教。陰陽道系の信仰、熊野修験系の信仰、そして巫女《みこ》系の信仰が複合しつつ土着したものと考えられる。豊富な祭文と儀礼は、中世的な面影をとどめている。

式神　古代の陰陽師が呪術を行なうさいに操作した神霊。いざなぎ流では、この「式神」はふだんは中空とか地中に納められていて、必要なときにそれをかたどった御幣《ごへい》に祈り招き、操るとされている。

蛙飛び　奈良県吉野山の金峰山《きんぷせん》寺蔵王堂で、毎年七月七日に行なわれる修験の行事。法要後、人間の扮《ふん》した青蛙に導師たちが修法を行なうと、青蛙は縫《ぬ》いぐるみの頭をはずし、人間に立ちかえった姿を示す。この行事は、役行者《えんのぎょうじゃ》をあなどって鷲《わし》にさらわれた男を、吉野の高僧が法力によって蛙の姿に変え、蔵王堂に連れてきて、さらに真人間に変えたという伝説にもとづいている。修験者たちの験競べが芸能化したものと考えられる。

◆「蠱毒《こどく》」——魂魄《こんぱく》を操る呪法が権力者を恐怖させた

内藤　それでは、「蠱毒」の話なんですけれど、じつは僕、ネズミのとも食いの実験を見たことがあるんです。ドブネズミとクマネズミをいっしょに入れておいて、食物を与えないとどうなるかという実験なんだけど、種類は違ってても、生きてるうちは食わないんですね。そのうち、弱いクマネズミが死ぬと、ドブネズミがすぐに食べはじめる。まず目玉のまわりからはじめて、毛皮をどんどんはがすようにして肉を食べていくんです。そうすると、下から皮下脂肪が出てくるんだけど、それが白くてじつにおいしそうなんですよ（笑）。それで、よってたかって食い漁《あさ》って、あっというまに骨と皮としっぽだけになっちゃう。そのまま続いていけば、結局、最後に残る一匹が、ものすごくエネルギーにみちあふれるわけです。

小松　犬神のイメージと同じですね。これもいざなぎ流に伝わる方法なんですが、犬を頭だけ地面から出して、えさも水もやらずに何日間も埋めておくんです。目のまえに肉を置いて飢餓《きが》感をつのらせるということもするそうです。犬は当然、苦しかったり、腹をへらしたりで怒り狂って騒ぐんですが、頃合いを見計らってその犬の首をはね、犬の魂魄を操って呪いをかけるんです。そのほかにも、伏見稲荷から買ってきた十二匹の狐を水につけて、生き残った狐の魂魄を使うという方法もあるんですが、これなんかも蠱毒とつながっていると思うんです。

内藤　まえに話に出たけど、大化改新のころに常世虫《とこよむし》という虫を祀る宗教運動が弾圧されるでしょ。あれなんかも蠱毒と関係があるんでしょうかね。

小松　常世虫が何なのかはよくわからないんだけど、たぶん★神仙思想・道教思想のバリエーションだと思うので、どこかでつながっているとは思います。事実、呪禁道には、蠱毒のほかに「厭魅《えんみ》」という呪術があって、厭魅というのは例の人形に釘を打って相手を苦しめるという呪いなんですが、この二つの呪術は、奈良時代には相当広まっていたとみえて、政府が禁止の勅令を出して、弾圧しようとするんですよ。

内藤　そうすると、平安時代に呪禁道が廃止される背景には、人を呪い殺すような恐ろしい呪術を権力者が恐れたということもあるんでしょうか。あるいは自分たちだけで管理するとか。

小松　そこまでは定かではないんですが、ある面では当然、反政府的な側面を持っていたと思うんです。呪禁道によるものと思われる権力者に対する呪詛《じゅそ》事件が、奈良時代の文献に数多く登場しますしね。いずれにしても、呪禁道が持っていた呪術は陰陽道に吸収されていって、その結果、陰陽道自体も都の地下にもぐり、闇にかくれながら道教的な呪術の修行を積んでいく蠱毒の系統、まさに孤独な作業なんだけど、そういうものと、もう一つは、これも道教思想・神仙思想の影響を受けてるんだけど、山にこもって不老不死の薬を求めていくような系統の二つの暗い神秘的な側面を持つようになるんですね。

内藤　平安時代になると、道教の★煉丹術《れんたんじゅつ》でつくる不老不死をうたった神仙薬は禁止されるんです。なにしろ、金《きん》はともかく、水銀とか砒素《ひそ》みたいな鉱物を混合してつくる毒性の強い薬ですからね。でも、表向きは禁止されていても、裏では天皇や貴族がけっこう飲んでるんですよ。毒性だってはっきりわかっていたわけではないし、ダメだといわれれば、よけい飲みたくなりますよね。『続日本後紀』によると、仁明《にんみょう》天皇が元服後三年して、胸が錐《きり》で刺されるような苦しみに襲われ、宮中の医師がすすめる薬を飲んだんだけど、効いたのははじめのうちだけで、あとはいっこうによくならない。そこで、先代の帝である冷泉聖皇（淳和《じゅんな》天皇？）に相談すると、同じような病気にかかり、神仙薬を飲んで治したことのある聖皇から、もぐりの煉丹術師か呪禁師と思われる淡海海子なる人物を紹介され、結局、同じ薬を飲んで治したというんです。正倉院にも毒性の強い鉱物性の薬物が収められています。曝涼帳を調べてみると、天平勝宝八年（七五六）に十三斤十五両あった紫雪や、八斤十両あった密陀僧が斉衡三年（八五六）にはなくなっているんです。これらは共に硫化水銀や芒硝の混合物や酸化鉛といった毒性の強い成分を含んでいるんですけど、これを権力者たちが高貴な丹薬《たんやく》として国家管理されている正倉院から密《ひそ》かに持ち出して飲んでいたらしいですね。

神仙思想　中国に起こった、生死を超越した存在の可能性を考える思想。のちに、神仙を神々に仰ぐ宗教として道教が成立し、ある者はみずから神仙となるための実践にはげんだ。

煉丹術　丹砂《たんさ》（硫化水銀）を中心として金、砒素、硫黄《いおう》などのさまざまな鉱物を合成して不老長寿の丹薬を製造する術。この術は神仙道に取り入れられ、仙人になろうと志す多くの人たちが煉丹術に熱中した。煉丹術が流行した唐時代には、煉丹薬を愛好した六人の皇帝が続けざまに中毒死している。

◆平安貴族を怯《おび》えさせた菅原道真《すがわらのみちざね》の呪い

小松　僕はね、陰陽道というのはその役割として、天体宇宙などの自然観測・暦《こよみ》の作製・時刻の測定といった科学的側面と、吉凶《きっきょう》の判断、はては実際に人を呪い殺す呪法まで持っていたわけですから、古代の人たちの生活を根本から支えていたものだと思うんです。だから、陰陽道が持っていた世界観を抜きにしては、古代の歴史や古代に生活していた人たちの心的世界を知ることはできないと思うんです。現代人だって、身のまわりをよくよく見直してみると、還暦、厄年《やくどし》、鬼門や丙午《ひのえうま》の年の女子出産の忌避《きひ》など、陰陽道の影響をまだかなり受けていますし。

それでね、もともと陰陽道というのは外来思想なわけで、平安時代以前は宮中の陰陽師も帰化《きか》人がおさえているんです。それが、密教なんかをとりいれながら日本化されていくうちに、科学的側面よりも呪術的宗教としての装《よそお》いが強められていって、宮廷の祭《さい》祀《し》・儀礼を司《つかさど》ったり、貴族社会の生活そのものまでを管理するようになっていくわけです。

内藤　陰陽師や密教僧が宮廷で力を発揮していく背景には、平安時代も十世紀にはいると、菅原道真が藤原氏と争って太宰府《だざいふ》に流されたり、平将門《たいらのまさかど》や藤原純友《ふじわらのすみとも》の乱を鎮圧するのに、かつては一族同士だった者を使ったりして、骨肉相食《は》む政争が起きるわけだけど、そういう宮廷政治・貴族社会の揺らぎみたいなものがあるんでしょうね。

小松　もちろんそうです。藤原氏なんかは権力をとっていく過程で、いろんな手段を使って多くの政敵を蹴落としていくわけでしょ。敗れた者は、当然、恨《うら》みを持ち、呪うわけです。政敵を蹴落とすメカニズムというのは、同時に物《もの》の怪《け》つまり敗者の恨みをつくりだしていくメカニズムでもあるわけですよ。

内藤　権力は、そういうもんですよね。まえに話が出たけど、桓武《かんむ》天皇が早良《さわら》皇子を殺して、その怨霊から逃れるために平安京に遷都するでしょ。あれも同じパターンですよね。東北平泉の藤原氏にしても兄弟親族が殺し合い、裏切り合って骨肉の争いをするわけですが、平泉周辺に伝わる鬼剣舞《おにけんばい》は、その怨霊を鎮める念仏踊りだといわれています。

小松　これはね、天皇家のなかでも同じことなんです。鳥羽《とば》上皇とか崇徳《すとく》上皇なんかが、自分たちを退《しりぞ》けた天皇、つまり自分の一族を呪っていくという構図があるんです。

内藤　天皇の場合、とくに荒れ方がすごいんですよ。高野山の金剛峰寺《こんごうぶじ》には、そういうときに使われた呪い調伏の方法を記した絵図が残っているらしいですね。

小松　調伏用のマンダラですね。たしか「読売新聞」にその写真が載せられたことがあると思うんだけど。高野山には公開されてはいないけど、たくさんの「呪詛法」に関する資料が残っているんじゃないかな。それでね、ちょうど陰陽道が盛んになるころの天皇や宮廷貴族たちがもっとも恐れていたのが、菅原道真の怨霊なんですよ。宮中で起きるいろいろな異常な出来事が、恨みをもって流された道真の怨霊の祟《たた》りということにされたんです。

内藤　なかでもいちばん恐れられていたのが雷《かみなり》、雷公《らいこう》でしょ。当時の考えでは天変地異の最たるものだっただろうし、実際に天皇がふだん生活している清涼殿《せいりょうでん》を直撃して何人もの貴族が死んでるわけだから、ほんとうに怖かったんでしょうね。

小松　権力の中枢《ちゅうすう》をガバーッと攻撃してくるわけですよ。この時、「鳴弦の法」といって、禁中警護の者たちが、清涼殿のまわりで弓弦をたたいて天皇の悪鬼退散の調伏をしたというんですから、これなんかもさっきの「蟇目の法」がそのもとになっていると思うんです。だから、天皇や宮廷貴族との関係からいえば、菅原道真というのは鬼の大将なんですよ。中央から転落させられて恨みの大鬼になって、天皇家や藤原氏を呪っているわけなんです。で、道真の怨霊を鎮めるために北野天神に祀《まつ》ったり、死後二十年もたってから右大臣に復したりするわけだけど、そういう権力者の「揺らぎ」をあるときは支えたり、あるときは助長していたのが、陰陽師であり、密教僧だったと思うんです。つまり、なにか事件が起きたときに、それを占って、これは、何とかの祟りだというような見立てをするわけですよ。占いというのは裏の世界を見るわけだから、まさに事件の裏を読むわけです。それに、実際、陰陽師たちは鬼を操って人を呪い殺すこともやるわけだから、宮廷のなかでは鬼を操る呪術師ということで評価されていくんですが、時がたつにつれて鬼と同一視されるようにもなるんですね。ある時期には、陰陽師たちは自分たちからすすんで鬼の仲間であることを自認し、それを吹聴《ふいちよう》することで民衆のなかにはいりこんでいったんじゃないかな。

内藤　そういえば、古典の歌舞伎《かぶき》なんかでは、出だしや物語の転換の場面によく陰陽師が登場して、筋はこうなると予言するんだけど、これなんかも、正体を見破ったり、事件を予知するという陰陽師の性格がよく出てるんでしょうね。歌舞伎の『蘆屋道満大内《あしやどうまんおおうち》鑑《かがみ》』では、安倍保名《やすな》が葛の葉姫に化けた白狐と夫婦になり「童子」を生む。それがのちの安倍晴明であるとなっています。まさに安倍晴明は異類婚で生れた鬼のような存在と考えられていたわけです。それで、さっきから聞きたくてウズウズしてたんだけど、陰陽師は具体的にはどういう呪法を使ったんですか。

◆天皇や貴族の栄枯盛衰を予測した陰陽師

小松　それに答えるには、平安中期の陰陽師で、後世の陰陽師たちから陰陽道の神として祀られた安倍晴明《あべのせいめい》という人物にまつわる話を紹介するとよくわかると思うんです。それで、安倍晴明には、中央での政争で彼に敗れてしまう蘆屋道満《あしやどうまん》という陰陽師のライバルがいるんです。この二人の術競《くら》べの様子が『今昔物語』に出てくるんですが、あるとき、播磨《はりま》の国（現在の兵庫県）から出てきた道満が、二人の童子を従者につれて晴明の屋敷を訪ねるんです。ところが、晴明はこの童子の正体が、道満が自分を殺すために鬼神を童子に変じさせた式神であることを見抜いていて、逆に術をかけて童子を隠してしまうんです。それでまあ、道満は敗れて退散するんですが、この式神というのが、陰陽師が「呪い調伏」の呪術をかけるときに使う神霊というか鬼なんです。

内藤　そういえば、安倍晴明は十二の式神を使役していたという話がありますよね。

小松　それについては面白い話があるんです。晴明の式神を奥方がとても恐れたんです。

それはいやですよ、おっかない姿、形をしたのがゴロゴロいるんでは。それでしかたなく晴明が、使わないときには十二の式神を京都の一条戻橋《もどりばし》のたもとに封じこめておいたというんです。

内藤　まえにも話が出たけど、戻橋は羅城《らじょう》門や朱雀《すざく》門などと同じように、鬼が徘徊したり、封じこめられている空間、つまり他界との境界だったわけですね。

小松　そうなんです。これは『源平盛衰記《せいすいき》』に出てくる話なんですが、平清盛《たいらのきよもり》夫人の二位《にい》の禅尼が、建礼門院《けんれいもんいん》、つまり安徳《あんとく》天皇のお母さんの難産にあたって、陰陽師に戻橋で橋占いをやらせるんです。このとき、十二人の童子が現われて、平家没落の託宣をしたというんです。戻橋というのは、天皇や貴族の栄枯盛衰を占う場所でもあったわけです。だから、晴明なんかも式神を使って戻橋で占いをしてたと思うんです。

内藤　そうすると、陰陽師が使う式神は童子というかたちをとることが多いというわけだけど、これは修験道の呪法で使う★護法童子《ごほうどうじ》と同じようなものなんですね。さっき蘆屋道満が二人の童子をつれてたっていうけど、修験道がだいじにする不動明王には、制《せい》吒迦《たか》・矜羯羅《こんがら》なんていう護法童子がついているし、役小角も前鬼《ぜんき》、後鬼《ごき》という鬼神の従者を使って呪術をかけたというわけですから。

小松　それはね、平安時代末期から中世にかけて神仏の習合化というか、修験道の祈禱《きとう》僧が貴族のあいだに浸透していくにつれて重なっていったんですよ。だから、式神と護法童子の機能とか性格というのは、基本的には同じだと思うんです。ただ、修験道の場合は、陰陽道の式神を使って人を呪い殺していくような呪術ではなくて、人に憑いた物の怪を護法童子を使って落としていくような呪法にすぐれていたんではないでしょうか。有名な話で、延喜帝《えんぎてい》（醍醐《だいご》天皇）が重病にかかったときに、★『信貴山《しぎさん》縁起絵巻』の信貴山に住む命蓮《みょうれん》という僧が、祈禱で「剣《けん》の護法」という護法童子を都につかわして、帝に憑いていた物の怪を追い出し、病気を治したという話がありますね。これなんか、現代人からみれば、祈禱で病気が治るわけなんかないだろうと思うけれど、平安時代の社会では原因がわからない病気は物の怪のせいだと考えられていたわけで、祈禱によって肉体に憑いた物の怪を落とせば病気が治るとされていたし、また実際に治ったと思ったんです。もっとも、現代流の解釈をすれば、祈禱という行為がトランキライザー的な効果や★偽薬《プラシーボ》効果を持つからだ、という人もいるかもしれないけど、それだけではないと思います。

内藤　それで、いまの剣の護法なんですが、よく見ると、安倍晴明が使っていた式神なんかにくらべてかわいらしいんですよ。それと、比叡山の皇慶《こうけい》という僧が使っていた護法童子は、空を飛びながら旗ざおに吊るした洗濯物を乾かしたといいますよね。そうすると、護法童子っていうのは、怖いイメージだけではなくて、マンガチックというか、人類学がいうところの★トリックスター的な要素もありますよね。

小松　人類学的にいうと、★象徴二元論的な対応関係にあるんですよ。役小角の前鬼・後鬼、矜羯羅童子が棍棒《こんぼう》を持って破壊力を象徴しているのに対し、制吒迦は蓮の花を持って静を表わすといったぐあいに、つねに二人の童子のあいだには対比関係があるんです。

内藤　なるほど。式神の場合だってなにも人を呪殺することだけじゃなくて、小松さんの『憑霊信仰論』に出ていたけど、安倍晴明は式神を使って自分の屋敷の門を自動で開閉したというから、いろんな役割に使ったわけだ。

護法童子　「護法」とは、広義には仏法に帰依《きえ》して三宝を守護する神霊、鬼神の類いを意味するが、狭義では密教の奥義《おうぎ》をきわめた高僧や修験道の行者、山伏たちが使役する神霊、鬼神を意味する。童子形で語られることが多いため「護法童子」と呼ぶことが広く定着している。護法童子は、病人に取り憑いている悪霊を追い払うために、梵天帝《ぼんてんてい》や帝釈天《たいしやくてん》などの護法神に使役されることが、とりわけ重要な属性である。

『信貴山縁起絵巻』　十世紀の初めごろ、大和と河内《かわち》の境をなす信貴山にこもって、毘沙門天《びしやもんてん》を祀り、その功徳《くどく》によりさまざまな奇跡を行なった修行僧命蓮を主人公とする物語絵巻。「飛倉《とびくら》の巻」、「延喜加持の巻」、「尼公の巻」の三巻よりなる。平安時代末の十二世紀後半に制作された。

偽薬効果　偽薬を患者に与えたときの治癒効果のことで、薬理作用によらない暗示的なものである。偽薬は、薬物の効力を検定する場合に対照薬として用いられる薬理作用のない物質で、形、大きさ、色、味、臭いなど、実際の薬物と同じようにつくられている。

トリックスター　神話、民話のなかで一種のヒーローとして登場し、詐術《きじゅつ》や戦術を駆使する「いたずら者」。北アメリカやアフリカの諸部族ではコヨーテ、大ガラス、野ウサギ、カメといった動物の姿で語られる。人類学でいうトリックスターは、いたずら好きで一貫性を欠く矛盾した行動や反道徳的行動をとり、しばしば秩序の破壊者となるが、人間に文明をもたらす文化英雄という秩序の再創造者の側面も兼ね備えており、両義的存在である。

象徴二元論　人類学でいう「象徴」は、単なる信号や一義的な記号と異なり、多義的である。人間の思考は、二項対立の組み合わせとして世界を分節化していくので、さまざまな象徴（シンボル）は善と悪、強さと弱さ、静と動、創造と破壊といった二元的性格をあわせもつことになる。象徴作用によって結びつけられる項の一方は、深層に隠されたものであることが多い。

◆鬼を操る陰陽師のシンボル・安倍晴明

小松　もう一つ安倍晴明が式神を使って呪術をかける話が『宇治拾遺物語』や『古事談』に出てくるので紹介したいんだけど、これは晴明のライバルの蘆屋道満が左大臣藤原顕光《あきみつ》に頼まれて、時の最高権力者の藤原道長《みちなが》を呪詛する話なんです。ざっと紹介すると、道長が法成寺《ほうじようじ》という寺の建築現場を視察に行ったときに、愛犬が異常なまでに吠《ほ》えたてて道長を入れようとしない。不審に思った道長が、晴明を呼んできて占わせると、「誰かが殿を呪詛している。犬が吠えている場所を踏み越えると呪いがかかる」というんです。そこで、晴明が指さすところを掘ると、土器の中に十文字に結んだ紙ひねりがはいっている。晴明が、「私以外にこの呪術を知っているのは道満しかいない」といって、ふところから取り出した紙を鳥の形にして、呪文をかけながら空へ投げると、白鷺《しらさぎ》となって飛んでいくんです。そして、それを追いかけていくと、舞い降りていった家に道満が潜んでいたので捕えてきて、出身地の播磨《はりま》に追放したというんです。

内藤　童子のかわりに紙でつくった鳥型を式神として使ったわけだ。

小松　そうなんです。陰陽道の使う式神の一つがさきほどの童子なんですが、もう一つのものとして、蠱毒で用いた動物を「人形《にんぎよう》」に置きかえて、それに霊を吹きこんで操るという考え方があるんです。まあ、人形といっても人の形をしたものだけではなく、鳥とか牛、馬なんかの型を紙でつくって、そこに悪霊を憑けて呪いに使うんです。

内藤　式人形《しきにんぎょう》と呼ばれるものですね。

小松　そうです。陰陽師の人形の発想というのは、人形というものを、悪霊を生みだしたり、悪霊や穢《けが》れを吸収したりする掃除機みたいなものとして使うわけです。人形を御祈禱壇、祭壇に置いて祈っていると、そこに鬼たちが、つまり異形《いぎょう》の者たちがやってくる……。

内藤　悪霊を吸いとるヤシガラ活性炭みたいだな（笑）。

小松　人形を支える思想というのは、ほんとうは難しくてよくわからないところもあるんだけど、人形というのは人間の型にしても動物の型にしても、ある意味では似てるから分身ですよね。分身としての鬼もつくれるわけです。どんな形でも、これは何々の形だと自分で思えばいいわけで、要はそれの使い方だと思うんですよ。人形というものが人間の分身だとすると、その分身に釘《くぎ》を打ちこんで本体の人間のほうを痛めつけることもできるし、また本体に生じている災厄・穢れを分身である人形に転移、集中させ、他界に捨て去ることによって、本体を救うこともできる。だから、一種のスケープゴートみたいなものなんですよね。人間をスケープゴートにするんじゃなくて、人形をスケープゴートにして悪霊を憑けて捨てていく。ホラー映画に人形に悪霊がとり憑くなんて話がよくありますが、あれはまさにこれなんです。そういう使い方と、人形を自分自身の分身として、あるいは鬼として呪力でそれを操っていく方法と二つあるんですね。
柳田国男《やなぎたくにお》が面白いことをいっているんです。護法童子というのは、山伏の操る鬼神で、それは想像界の存在、つまり神話的な存在なんだけど、そうした存在はまったくの想像の産物じゃなくて、高僧に従う従者としての童子、一生涯「童子」と呼ばれるような下級の僧がその形象に反映されているんだ、というんです。たしかにその可能性は高いと思います。阪大の学生たちと播磨の書写山に泊まりがけで出かけたことがあるんです。あそこには乙《おつ》護法、若《わか》護法の二童子の立派な社《やしろ》があるんですが、この二童子は、開山の性空《しょうくう》に従っていた護法で、釜《かま》をほかの僧の住むところに運んだり、空を飛んで洗濯物をすぐに乾かしたなんて伝説も伝えられている不思議な童子です。ところが、この童子の子孫という人がいまでもこの書写山のふもとに住んでいて、★修正会《しゅしょうえ》のときに鬼面をつけて舞いを舞うというんですね。きっと、昔は寺男みたいな存在だったんじゃないでしょうか。

内藤 鬼の子孫だという比叡山のふもとの八瀬《やせ》の人たちや、大峰《おおみね》山（奈良県吉野郡）では、釈迦ケ岳・深山の登り口に前鬼の子孫が住み、山上ケ岳の登り口に後鬼の子孫が住む。共に大峰山で最も聖域への入り口を鬼の子孫が護っている。十六世紀に日本に来たキリスト教宣教師ルイス・フロイスが「前鬼たちは頭に角のような疣《いぼ》があり、最も高い山に登ったり、深い絶壁の上を飛ぶ悪魔の秘術をもっている」と書いていますよ。大峰山の前鬼や後鬼の子孫の村人も基本的には同じですね。

小松　ええ。で、そうしますと、陰陽師が操った式神という神話的形象に対応するような社会的存在としての童子というか鬼も考えていいと思うんです。そういう人たちが、穢れを背負って川に捨てられる人形のように、京域内の穢れを処理してくれる「清目《きよめ》」と呼ばれるような人たちだったんじゃないか。

内藤　それともう一つ、これも渡来系だと思うんですが、平安時代以降の芸能民が操った傀儡（くぐつ、かいらい）、つまり操り人形です。これなんかも小松さんがいった人形の発想と同じだと思うんですが。

小松　そうですね。それこそかいらいとして鬼や人間のかわりを演じさせていくわけですから。これはいまの人形劇も同じだと思うんですが、傀儡の場合は宗教性をおびた芸能なんです。で、傀儡の流れがずっと続いていって、東北に流れついたのが★おしら様ですよね。おしら様も、もともとは人形でしょう。

内藤　単純な棒の人形ですよね。いまでも東北なんかではおしら様を祀っている家がけっこうあって、おしら様で背中のこってる所をさすって治したり、★『遠野物語』によれば、猟師が、どの方角に猟に行ったらいいのか占ったりもするんです。それで、おしら様は肉食を極端に嫌うといわれていて、その禁を破っておしら様を祀ってある部屋で猪鍋なんかを食うと、おしら様が怒り狂って、家の中を飛び回ったとか、食べたやつの口がひんまがったとか、発狂したとか――そんな荒ぶる神の祟りの話がたくさんあるんですよ。

小松　それに対応するのが、僕が調査をしている高知県物部《ものべ》村の御崎様《おんざき》ですね。これは、おしらと同じように、単なる★御幣《ごへい》人形なんですが、家の中で肉を食べると飛び回ったり、火事のまえに家から飛び出したりするっていうんです。だから、いざなぎ流の陰陽師たち、博士《はかしょ》ともいいますが、一種の祈禱師です。彼らは、いろんな式人形をつくるんですが、祭りや儀礼に使うと、すぐに捨てちゃうんです。彼らは目的によっていろんな式神（式王子《しきおうじ》）を使うんですが、その一つに病気を治す五体《ごたい》の王子という式王子がいて、人間の体内にはいって病根を探しまわるというんです。

内藤　胃カメラみたいだな。

小松　頭にいないか、手足にいないか……、というぐあいに体内をくまなく探しまわって、もしいたらからめとって体外につれて帰ってくる。こういう病気治しの陰陽道系の呪法というものが、いまでも実際に行なわれているんです。

内藤　まさに「ミクロの決死圏」（笑）。SFの世界。潜水艇《せんすいてい》みたいなのが口からはいっていって、毛細《もうさい》血管のまっかな世界へビューンとはいったり、女陰の中へグーンとはいったり……。

小松　いや、ほんとうにそういうイメージですよ、祈禱師の話を聞いてると。夢枕獏《ゆめまくらばく》の『魔獣狩り』のなかに人の意識に潜入するサイコ・ダイビングというテクニックが出てくるんだけど、どこか通じるところがありますよね。

内藤　その時、祈禱師が使う太鼓のリズムはどうなんですか。

小松　最初はゆっくりですよ。それが突然バッと乱れて激しくなるんです。

内藤　そうでしょ。そこが大事なとこなんです。修験道なんかでは、最初は心臓の鼓動をちょっと早くしたぐらいのゆっくりしたリズムで、それをだんだん上げていくんです。ちょうど「YMO《ワイエムオー》」の初期の音楽みたいな感じで、徐々にスピードを上げていく。しかし、祈禱師のほうは突然リズムを狂わすところが違う。それが秘伝なんですよ。

太鼓のリズムっていうのは、人間の深層をつき動かすところがあるでしょう。出羽三山の祈禱寺なんかでも、祈禱を行なう奥の院は天井が高くふきぬけになっているところがあって、建物自体を太鼓みたいに響かせて、人間の意識を狂わせようとしているんじゃないかと思うんです。

小松　陰陽師のほうは、それほど派手じゃないな。でも、ショック療法的な要素はあるよね。ゆっくりしたリズムで眠るような状態にさせといて、突然、激しく打ったりするんだから。

修正会　毎年正月の上旬ないし中旬に、各宗寺院でほぼ一週間営まれる年始の法会。国家や皇室の安泰、五穀豊穣《ごこくほうじょう》を祈願するが、岡山市西大寺《さいだいじ》の裸祭りなどのように民間の正月行事が習合されていることが多い。法会のさいちゅうに杖で堂舎の羽目板や縁側、床板などをたたき、大きな音をたてる乱声《らんじょう》や、ダダオシとか鬼踊りなどと呼ばれる激しい足踏みをともなう踊りが行なわれる。

おしら様　東北地方に分布する家神の一種。二体一組で、桑などの木の先に男女の顔や馬の顔などを彫刻または墨描きしたものにオセンタクと呼ぶ衣装を着せ、家の中の神棚の祠《ほこら》に納め祀っている。春秋二回の祭日に出してきて、神饌《しんせん》をそなえて供養《くよう》する。また、雪が消えるころにはイタコがまわってきて、オシラ祭文《さいもん》を語りながら一対の神を両手に持って前後左右上下に振る「オシラアソバセ」をする。

『遠野物語』　岩手県中南部、北上山地中央の遠野盆地に住む人びとの口頭伝承を集成した書物。佐々木喜善《ささききよし》が語るのを柳田国男が筆録し、一一九項目に整理して、明治四十三年（一九一〇）に出版。山男、山女、天狗、雪女、おしら様、河童などにまつわるさまざまな物語が収められている。

御幣　神に奉納する紙または布帛《ふはく》を串にとりつけたもの。その機能からミテグラともいわれ、手にとって神を降臨させるための依《よ》り代《しろ》とされた。現在ではこの本来の意味から離れ、不浄を祓いきよめるための道具とも考えられているが、これはもともと神の依り代として御幣に神霊がいるという観念から発達したものと思われる。

◆「鬼の王国」の住人・唱門師《しょうもじ》とは

小松　それで、まあ話がだいぶ広がったんだけど、安倍晴明やいざなぎ流の祈禱師の例からもわかるように、陰陽師と紙は切っても切れない関係にあるんですよ。安倍晴明がひねり紙を鳥にかえてみたり、いざなぎ流の陰陽師が紙でいろんな種類の人形をつくって、それに式神を憑けて呪法に用いる。つまり、紙なくして陰陽師の呪法はない、ということなんですね。

内藤　そうすると、もともと紙をつくる技術というのは、渡来系の★秦《はた》氏なんかが持ってきたものでしょう。陰陽師というのは、そういう当時の先進技術をおさえていたと。

小松　そうですね。だから、呪術者なんかの背景を調べてみると、呪術・呪力を支える工業的背景があるんですよ。

内藤　現代人からすれば、紙なんかそれこそ吹けば飛ぶようなもんだと思うかもしれないけど、当時はすごい貴重品ですよ。

小松 そうですね。なんで「紙」という名称がつけられたのかはよくわからないんだけど、紙は最初は「神」事だけに使われていたんですよ。それこそ「紙」様みたいに。製紙という技術は、製塩もそうだと思うんですが、いまでいう工業を背景にした祭祀だったと思うんです。だから、近代になってからもアルコールや塩を専売にして国家が管理したり、製紙工業を国策会社で運営したりしたことも、根っこでは一脈通じるところがあると思うんです。

内藤 呪力の背景に工業的技術が不可欠だということをいちばんよく知っていたのが天皇家でしょう。全国に金属器を売り歩いた鋳物師の左方供御人《くごにん》や水銀供御人をはじめとして、天皇家の★供御人というかたちで技術者をおさえるわけですから。それと、幕末に写真の技術がはいってきたときは、「一回写すと影が薄くなり、二回写すと命が縮む」と信じられていたんだけど、明治になって焼き増しができるようになると、すぐに明治天皇と皇后を撮影して御真影を下賜《かし》するんです。これなんか、もともと写真が持っていた、ものが写るという神秘性と最新の複製技術を利用して、現人神《あらひとがみ》たる天皇の威力、呪力を見せつけようとしたものだと思うんです。

小松 だから、カリスマ的な経営者として有名な京セラの稲盛和夫《いなもりかずお》社長が、伏見稲荷の熱心な信者だっていうのは、わかるような気がするんです。権力・権威というものは、日常とは異なる力、「外部」のものによって支えていなければ維持できない、という意味で。

内藤　話がちょっと脱線しちゃうけど、最近、若い人のあいだでピラミッド・パワーがはやってるでしょう。そのバリエーションにヒランヤ・パワーというのがあって、星を象《かたど》った形がいろんなパワーを発揮するというものらしいんですが、その星の形が安倍晴明の紋所《もんどころ》の五芒星《ごぼうせい》晴明桔梗《ききょう》紋に対して六芒星なんですよ。

小松　ふーん、面白いね。安倍晴明の呪力のもとは五芒星にあったのかな。

それはともかくとして、陰陽師には安倍晴明のように都で宮中の政治を操ってきた、上級のいわゆる宗家、家元的な陰陽師と、都の裏側で人を呪殺するような呪術を操ったり、いま話に出てきたさまざまな技術をおさえて、実際にその技術を使っていた下級の隠れ陰陽師的な陰陽師がいたんです。それが、中世にはいって政治の場に修験道の密教僧が登用《とうよう》されたり、武士が台頭するにつれて、中央の政治空間から徐々に遠のいていくんです。それで、もともと彼らは鬼を操る呪術者として中央で評価されていたわけだけど、中央から遠のいていくにつれて、彼ら自身が鬼とみなされるようになるんです。

内藤　まさに鬼ですよね。恐ろしい呪術やすごい技術を持っていたわけだから。権力者にとっては、とりこんでおさえておけば強い味方になるけど、反体制的な集団に流れたりしたら脅威ですからね。

小松　実際に陰陽師が地方の武士団に流れこんでいくんですよ。軍事顧問《こもん》とか相談役みたいなかたちで彼らの知識や技術が使われていく。源頼朝なんかも陰陽師集団を抱えているんです。それともう一つ、中央での政争で敗れた陰陽師の集団が地方に流れていって、隠然たる勢力を築き上げるというケースもあるんです。これは中央の鬼のボスである安倍晴明との争いに敗れた蘆屋道満《あしやどうまん》が、流された先の播磨の国では晴明以上の鬼のボスとして崇《あが》められたという話に典型的にあらわれているんですが、ここで紹介したいのは★応天門《おうてんもん》の変（八六六）で敗れた伴《とも》氏（大伴氏）なんです。

内藤　もともと伴氏は、渡来系の遁甲《とんこう》忍術を持っているといわれた集団ですよね。

小松　そうです。その陰陽師系の色彩の強い伴氏が落ちのびて定着したのが甲賀《こうが》（滋賀県甲賀郡）の里で、その後、何十という流派を持つ甲賀忍者のボス的な存在になっていくんです。

内藤　甲賀に中世、熊野修験で栄えた飯道寺《はんどうじ》があるでしょう。あそこから忍者が発生したという説もありますよね。

小松　それともう一つ、立命館大学教授の福田晃《ふくだあきら》さんの研究によると、甲賀の水口町《みなくち》にある大岡寺を拠点としていた、★甲賀三郎伝説を持つ唱門師《しょうもじ》系統の陰陽師たちも忍者の母体になっているんです。唱門師というのは、下級の陰陽師で、陰陽師本来の祈禱をやったり、あるときは暦《こよみ》なんかを売ったり、ときには芸を売ってみせたりというぐあいに、いろんなカテゴリーに足をつっこんでいる人たちのことなんです。まあいまでいえばシナリオ・ライターの上杉清文《うえすぎせいぶん》さんみたいな存在かな（笑）。そういうもともとは陰陽師なんだけど、実際にはなにをやっているのかよくわからない呪術者が甲賀にはいりこんで、それが忍者を生みだす母体になったといえるんです。

内藤　伊賀の忍者をたばねていた百地三太夫《ももちさんだゆう》（丹波守《たんばのかみ》）なんかも陰陽師の頭《かしら》的な側面がありますね。

小松　よく時代劇なんかでは、伊賀と甲賀の忍者は対立しているイメージで描かれることがあるけど、実際は根っこの部分では交流があったと思うんです。両方とも自分たちの出自譚《たん》として甲賀三郎伝説を持っていたわけですから。だから、忍者というのも、イコール修験とか、イコール陰陽師という単純な図式ではなくて、いろいろな階層に属していた人たち、いろいろな技術を持っていた人たちが重なりあっていると思うんです。要は、彼らは敗者の集団だということなんです。応天門の変で敗れた伴氏が甲賀に逃げたり、足利氏に追われた近江の佐々木（六角）氏が飯道寺に拠点を求めたといわれているわけですが、ほんとうはそれが歴史的事実でなくてもいいんですよ。彼らが自らの出自譚として、中央政権から排除された者であるという意識を持っていたということが重要なんです。つまり、自分たちは敗者であり、中央から鬼とされていったという神話をつくっていって、自分たちが生きるもう一つの王国を支えるアイデンティティをつくりあげていったんだと思います。

内藤　鬼たちがもう一つの国をつくっていったわけですね。

小松　そうですね。で、そういう鬼の王国の住人である唱門師たちが、中世以降、いろんな「職」や「芸」と結びついて、歴史を動かしていくわけです。

秦氏　日本古代に朝鮮半島から渡来した氏族。秦始皇帝《しんのしこうてい》の末裔《まつえい》を称し、後漢《ごかん》霊帝の子孫という漢《あや》氏と勢力を二分した。秦氏は、在地で隠然たる勢力をもつ殖産的氏族で、賀茂川、桂川にはさまれた京都盆地、琵琶湖畔に進出して、水田の開発、養蚕《ようさん》などの事業を行ない、さらに伊勢、東国におよぶ商業活動にも従事した。聖徳太子の側近であった秦河勝《かわかつ》には、日本における舞楽や能のはじまりにかかわる伝承がある。

供御人　本来は、天皇の供御（食物）の貢進《こうしん》を行なう者で、禁裏供御人とも称したが、やがて食物関係だけでなく、さまざまな物資の貢進におよんだ。彼らは貢進の代償として雑公事《ぞうくじ》や国家的臨時課役などを免除され、供御人身分の特権として治外法権《ちがい》をもった。その特権を拡大した結果、関所の自由通行権や営業独占権を獲得し、座を組んで集団としての利権を主張した。

応天門の変　貞観《じようがん》八年（八六六）に起こった応天門炎上をめぐる政治疑獄事件。藤原氏の他氏排斥《はいせき》事件の一つといわれている。大納言伴善男《とものよしお》が真犯人とされたが、背後には事件の審理中に摂政となった藤原良房《よしふさ》らの陰謀があったようである。この事件を素材とした絵巻に『伴大納言絵詞《ばんだいなごんえことば》』がある。

甲賀三郎伝説　信州諏訪《すわ》を中心とする地方で広く伝えられた語り物にもとづく伝説。諏訪に伝わる語り物では、近江出身の甲賀三郎が二人の兄の悪意によって蓼科《たてしな》山中の深い穴に閉じこめられて帰ることができず、そのまま地底の国々を遍歴《へんれき》して長い年月を重ねた後に、大蛇の姿となって本国に帰り、最後に諏訪明神に祀られたという筋になっている。この伝説は、信州はもちろん近江、常陸《ひたち》そのほかの土地にも根をおろしている。

三つの髑髏☆澁澤龍彦

平安中期の名声ならびなき陰陽博士として、貴族社会に隠然たるオカルティストの力をふるっていたばかりか、すすんで摂関家の権力にも近づいていたらしい安倍晴明は、じつは当時の秘密警察の長官のような役割をはたしていた人物ではなかったろうか、という意見があるそうだ。晴明が秘密警察の長官ならば、彼の手足のように暗躍していたといわれる目に見えない式神《しきしん》は、さしずめ組織の中核となる忍者のごとき行動隊員でもあったろうか。なるほど、そう考えれば、寛和二年六月二十二日夜、藤原道兼にそそのかされて、十九歳の花山天皇がひそかに宮中をぬけ出し、徒歩で元慶寺におもむいて、その翌朝、あっさり天皇の地位をなげうって剃髪してしまったという事実を、土御門の邸にありながら、あらかじめ晴明が知っていたという『大鏡』の記述も、もっともなことだと納得させられる。晴明は天文の変によって事件を予知したことになっているが、なんのことはない、彼自身が藤原兼家一門の陰謀の片棒をかついで、天皇の脱出劇のお膳立てをしていたのかもしれなかったのである。

秘密警察といっても、むろん、今日のCIAやKGBのような大きな組織を想像するのは間違いだろう。京都の市街地はせまいし、山科の元慶寺が遠いといったところで、内裏からせいぜい十数キロの道のりにすぎない。おそらく、要所要所に手勢を配置するのに、秘密警察の長官はそれほど苦労しなかったはずである。晴明の配下とは別に、源満仲の郎等が天皇の一行をひそかに護衛したということも、今日では史家によって認められているところではないか。

もっとも、こういう仮説を立てることによって、オカルティストとしての安倍晴明の威信にいちじるしく傷がつくような気がするのは、いくらか私として残念でないこともない。ことさらに神秘めかそうというつもりはないにせよ、やはり晴明は政治の世界からは超然とした、学問と魔術にのみ専念する、闇の領分の支配者であってほしいという気持が私にあるからであろう。

それはともかくとしても、すでに大江匡房が『続本朝往生伝』のなかで指摘しているように、この時代に多くの桁はずれの人材が輩出しているということには、まことに驚くべきものがあるといわねばならぬであろう。匡房は二十の分野で八十余人の名前をあげているが、これにいちいちつき合っているわけにもいかないので、私はとくに上宰（大臣）における藤原道長、九卿（公卿）における藤原公任、和歌における曾禰好忠、陰陽における安倍晴明、学徳（学僧）における源信の名をあげるだけにしておこう。一方には道長のような、底ぬけに明るい現世の権力者がいたかと思うと、もう一方には晴明のような、闇の領分を支配する魔王めいたオカルティストがいた。柳田国男が御伽衆の元祖として白羽の矢を立てている曾丹こと曾禰好忠のごときも、この時代の特異な才能として、非力ながら文化史的には逸すべからざる人物のように私には思われる。そしてこれら綺羅星のごとき人物たちの背後から、匡房は名前をあげてはいないけれども、あの一代のアンファン・テリブルともいうべき花山院のほの白い謎めいた貌が、透かし模様のように浮かびあがってくるのだ。そこが私にはおもしろい。

もし純粋天皇という観念が日本の歴史上のどこか一点で成立するものとすれば、この花山院こそ、まさにそれにふさわしい観念の体現者ではなかったろうかと私は考える。つまり、自分で天皇をやめてしまった天皇、天皇でありながら、自然に天皇の地位からはみ出してしまった天皇である。十九歳で剃髪してしまってからも、院はなお二十年、権力とはまったく縁のない法皇として生きつづけるが、その短い生涯はどこから見ても申し分なく滅茶苦茶であった。その滅茶苦茶な行動がまたいかにも天皇らしいといえば、それも一つのパラドックスになるだろうか。ともあれ、その狂気、その奇行、その好色乱倫、その風流、そのひたむきな仏道修行、すべてが院をして、いわば天皇以上に天皇らしい一つの無垢な人格の具現者たらしめるのに十分なのである。あえて奇矯な言辞を弄するならば、院は日本の歴史の上でほとんど唯一の、自己否定した天皇という名に値する人物であるかもしれないのである。まあしかし、こんなことをいつまで書いていても切りがないから、花山院をめぐる埒もない私の夢想はこのへんでやめることにしよう。そして、もっと具体的なことを書くことにしよう。

花山院の奇行に関するエピソードは、その乱脈をきわめた女性関係から、その異装好み、その馬に対する奇妙な偏愛にいたるまで、あるいはまた、飼っていた猿を犬の背に乗せて町を走らせたとか、賀茂の祭礼の日に、取り巻きの大童子や中童子どもを指嗾《しそう》して、参議藤原公任の乗っていた車に乱暴狼藉《ろうぜき》をはたらいたとかいったことにいたるまで、いくつとなく語り伝えられているけれども、とくに私がここに採りあげたいと思うのは、次の二つのことである。

その一つは、寛弘三年十月五日、父の冷泉院の御所であった南院が火事で焼けたとき、その火事見舞に花山院が駈けつけた際の服装である。『大鏡』の記述によると、院は馬に乗り、「いただきに鏡入れたる笠」を阿弥陀かぶりにしていたという。

鏡には一種の魔力があって、近づく妖魅のかくれた本性をそのなかに映し出すという、神仙思想あるいは道教に基づいた信仰があることはある。『抱朴子』の「登渉篇」は、山にはいって修行する道士たちに、径九寸以上の明鏡をたずさえて行くことをすすめているし、わが国の山岳修道者たちのあいだにも、古来、入山に際して鏡を背に負うという習わしがあった。しかしそれにしても火事見舞に鏡とは、やはり判じ物のように不可解であって、私たちはこれをどう解釈してよいか一向に分らない。もしかしたら、若き日の織田信長が腰のまわりに瓢箪をぶらさげたように、院はただ意味もなく、奇抜な恰好をして人目をそばだたせることを喜んだだけなのかもしれない。むしろそう解釈するほうが事の真相を射あてているのではないか、という気が私にはするほどなのである。いずれにしても院の頭の上で、鏡は陽を浴びてきらきらと輝いたことであろう。

もう一つは、長徳三年四月十七日、前に述べた賀茂の祭における濫行事件の翌日、院が左右に例のごとく屈強の若者をしたがえて、ふたたび車で紫野のあたりに押し出した際のアクセサリーである。これも『大鏡』の記述だが、院はふしぎな数珠を首にかけていたという。すなわち、「小さな柑子を、大方の玉には貫かせたまいて、達摩《だつま》には大柑子をしたる御数珠、いと長く、御指貫に具して出ださせたまえりしは云々」とある。

小さな蜜柑をつらねて紐に通し、ところどころ大きな蜜柑を親玉にした、新趣向の数珠をぐんと長くして、院はそれを袴とともに、牛車の外にまで垂らしていたという。要するに、引きずるほどの長いネックレスだと思えばよいであろう。これも、あるいはなにか理由があった上でのことかもしれないが、私にはむしろ、純粋な造形的関心が、院をしてこのようなアクセサリーを採用せしめたのではないかという気がする。まさに生きた果実のオブジェであって、斬新なアイディアというべきであろう。私はほとんど確信しているのだが、院にはその気質のなかに、オブジェ愛好とでもいうべき傾向があったのではないだろうか。つやつやしたオレンジ色の蜜柑のつらなりは、あの笠に入れて頭上にのせた鏡とひとしく、意味のない一つのオブジェとして、ひときわ美しく春の陽に照り映えたにちがいないのである。

もっとも、この柑橘類の果実のアクセサリーに先例がないわけではない。大伴家持は『万葉集』巻第十八で、田道間守《たじまもり》が常世の国から持参したという橘の実について、「あゆる実は、玉に貫《ぬ》きつつ、手に纏《ま》きて、見れども飽かず」と歌っている。ただ、家持には果実の数珠というイメージはなかったであろうし、これをぐんと長くして、車の外に押し垂らすというアイディアまでは思い浮かばなかったであろう。

「この花山院は風流者《ふうりゅうざ》にさえおわしましけるこそ」という『大鏡』のなかの評語がよく引用されるが、たしかに院は後年、あのローマのペトロニウスのように「趣味の判者」として、道長を中心とする宮廷人士から重んじられていたようであり、また当時の画家や工芸家のパトロンとして、奇抜なアイディアをぞくぞく提供していたようである。風流者とは、意匠家あるいは考案家といったほどの意味らしい。歌合の会場に運びこまれる洲浜《すはま》のように、自然の景観を縮小した装飾そのものを風流《ふりゅう》という場合もあった。風流とは、風流な趣きのある物自体、すなわち珠玉とか、造花とか、鏡とか、調度とか、器具とかを直接に意味していたのである。また風流車などという言葉もあって、これは賀茂の祭のとき、今日の祇園祭における山鉾のように、さまざまな飾りつけをして繰り出した車を意味していた。つまり風流車とは、オブジェを積んだ物見車のことであった。

蜜柑の数珠を押し垂らした花山院の物見車も、そう考えれば、一種の風流車にほかならず、これを演出した風流者としての花山院の気質に、私たちは否応なくオブジェ愛好の傾向を認めるのである。

＊

花山院が東の院に住みついて、ひろく世間の噂話の種になるような、奔放な女性関係を次々にむすびはじめたころのことである。ごく若い時分からの持病といってもよかった頭風《ずふう》が、ひとしきり、はげしく院を悩ませた。ことに雨気のある日には、悩みは一層はげしく、さまざまに医療の手をつくしても、一向にきき目があらわれない。

頭風とはなにか。『五体身分集』によれば、「頭痛み、目くるめき、面ふるう」とあり、さらに「風吹き天くもる時は、いよいよ頭鼻痛むとみえたり」とある。『素問経』に「千病万病、風にあらざる病はなし」とあるように、当時はすべての病気が風によって起ると考えられていたから、頭風なるものの実体も、私たちにはさっぱり分らない。まあ、ここでは偏頭痛のようなものだと思っておけばよいであろう。花山院のような性格の不安定なインテリには、鬱陶しい季節によく偏頭痛が起る。医療に効果がないとなれば、院の頭や鼻はいよいよ痛んだにちがいない。

このような場合に、とるべき最後の手段は一つしかない。すなわち陰陽博士安倍晴明を召して、悩みの原因を占術によって明らめさせることである。

晴明は延喜二十一年の出生と推定されているから、このころ、すでに七十数歳の老齢だったはずである。しかし一見したところ、彼には年齢がないかのようである。三十代の壮年からそのまま七十代の老年に移行したようで、頭髪はすっかり白くなっているもののの、顔の皮膚には皺がなく、陶器のように妙な光沢《つや》さえあった。目にはあやしいまでに光があった。とりわけ、その発する声は若々しいソプラノで、年齢どころか性までも彼においてはすでに分明ならざるものになっているかのごとくであった。

院は知らないが、十年ばかり前に、晴明は藤原兼家一門と気脈を通じて、院を天皇の座から引きずりおろす陰謀に加担したことがあった。それでも院を裏切ったという気持が、晴明には少しもないのだった。この芸術家肌の法皇に晴明は多大の好意を寄せていて、詐術と背信の渦巻く宮廷から、むしろ彼を救い出してやったという気持のほうが強かったからである。院のような無垢な魂は、宮廷を去るべきだと晴明は考えていたのである。

泰山府君を祭って斎戒沐浴してから、或る夜、晴明は天文を見た。式盤《ちょくばん》をまわして慎重に占った。それから東の院に伺候して、病臥中の花山院の前にすすみ出ると、次のように奏聞した。

「おそれながら、わが君のおん前生《さきしょう》は、某と呼ぶ小舎人《こどねり》ときわまりました。このもの、七歳で馬に蹴られてあえなくなりましたが、死ぬまで馬をあわれむことはなはだしく、その功徳によって、今生《こんじよう》には天子と生まれ変ったのでございます。」

晴明の言葉を聞くや、たちまち院の瞼の裏に、いままで思い出したこともない記憶のなかの一つのシーンが、まるで深い井戸の底から浮かびあがってきたかのように思い浮かぶのだった。それは自分がまだ七歳くらいの幼いころ、清涼殿の東庭で、左右の馬寮から引き出された馬を眺めている情景であった。七歳の院は馬がいとおしくてならなかったが、お付きの女房に手をしっかり握られているので、馬の近くに寄ることができないのである。ただそれだけの情景が、無限に遠いところの空間に浮かんだ一つの絵のように、院の瞼の裏にぼんやり映し出されたのである。……

晴明のソプラノが、このとき院の夢想を中断した。

「しかるに、この死んだ小舎人の髑髏が、いまや竹林の穴に落ちこみ、雨気ある時には、竹の根がのびて髑髏を突きたてまつるによって、わが君のおん頭に、かくは痛みが感ぜられるのでございましょう。しかもこれ他の方法をもってしては、治療のこと叶いがたく、その髑髏を取りおさめ、安き場所に置かれたならば、必ず御本復のこと、間違いございませぬ。髑髏の所在地は、しかじかでございます。」

「そうか。それなら、その場所へ人をつかわして、さっそく髑髏をさがしてこさせるとしよう。手厚く葬ってもやろう。」

院は気落ちしたように答えて、御簾《みす》越しに庭のはずれの築地の撫子《なでしこ》を眺めやった。院がみずから種をまいた撫子は、初秋の薄い日ざしを浴びて、いま盛りであった。

晴明の占術はあやまたず、指定の場所に七歳の小さな髑髏はちゃんとあったし、その髑髏を清浄にして厨子におさめると、さしもはげしかった院の頭風の悩みも、忘れたように平癒した。

しかし、それから一年もすると、ふたたび前のように頭風の悩みが起って、院を戸惑わせるのだった。晴明の占術をゆめ疑うわけではないが、この執拗な頭風にはべつの原因があるのではないか、とも思われた。

またしても晴明が召されて、占術を所望された。むろん、晴明がこれを辞退するいわれはない。彼はおのれの占術に絶大の自信をいだいていたし、たとえ占術の結果が現実と背馳《はいち》したとしても、それは仮借ない星宿の運行が、人間にはとても理解のおよばない、そのような予盾にみちた結果を生ぜしめただけのことだと信じていたからである。

一日、晴明は東の院に伺候して、あらためて次のように奏聞した。

「おそれながら、わが君のおん前々生《さきさきしょう》は、某と呼ぶ後宮の女房ときわまりました。このもの、十六歳で赤瘡《あかもがさ》を病み身まかりましたが、死ぬまで仏道にはげむことひとかたならず、その功徳によって、前生には男子と生まれ変ったのでございます。しかるに、この女房の髑髏が、いまや烏にくわえられて樹の枝に運ばれ、雨気ある時には、雨の雫につらぬかれるによって、わが君のおん頭やおん鼻に、かくは痛みが感ぜられるのでございましょう。」

晴明の言葉を聞きながら、院はふっと頼りないような気分に落ちこむ自分を感じていた。それは自分の存在が急にあやふやになってゆくような、すこぶる落ち着きのわるい感覚であったが、そこに一抹のうしろめたい快味がないこともないような、どっちつかずの奇妙な意識の状態であった。そういえば、もうずいぶん昔、自分はたしかに女であったことがあるような気がする、しかも若い後宮の女房であったことがあるような気がする、と院は頭をふりながら気遠げに思った。

すると突然、頭蓋の奥から一粒の泡が立ちのぼったように、院の記憶のなかで一つのイメージが目ざめるのだった。それはなやかな歌合の会場で、いましも舎人や女蔵人《にょくろうど》たちが、精巧な綺羅をつくした文台や、員刺《かずさし》や、洲浜などを舁《か》き入れているところの情景であった。真紅の唐撫子を植えた前栽までが運びこまれているようである。女房たちのどよめきが聞える。院はそのとき、広間の一角に座を占めて、目の前に運びこまれた洲浜をつくづくと眺めていたような気がするのである。

じつをいうと、その洲浜は、このとき十六歳であった院が手ずから作ったもので、鏡を水となし、沈《じん》を置いて山となし、その山の上に、三月三日の草餅でつくった法師の像《かたち》を立てたものだった。鏡の水には船が浮かんでいるし、山の上には家があり、家のかたわらには樹があり、その樹には時鳥《ほととぎす》もとまっている。すべて瑠璃金銀でつくったもので、細工物は工芸家に注文したのだが、草餅でつくった法師の像だけは院の独創で、これまでにも類例がないのではないかと思われた。いま、おのれの苦心の作品が晴れの場で、あまたの上達部《かんだちめ》や殿上人や女房たちの讃歎の目にさらされているのを見て、そぞろに心がおどってくるのを院はおぼえた。すると、そこに歌詠みとして知られた右近将監藤原長能がいざり寄ってきて、

「これはおもしろい洲浜だな。お嬢さん、あなたがつくったのですね。」

「はい。」

恥じらいながら、それでも嬉しさをかくしきれず、こう返事をしたのは、院そのひとであった。院はそのとき、十六歳の初々しい女房だったからである。いや、たしかにそんなことがあったような気がする。どうやら自分の前々生は女だったらしい。

長能はいたく気に入ったらしく、しばらく興ぶかげに洲浜をためつすがめつしていたが、やがて筆をとると、枝にとまった時鳥につけて、「都には待つひとあらん時鳥さめぬ枕の宿にしも鳴く」とさらさら色紙にしたためた。そんな情景までが、いつのまにか記憶装置に刻みこまれたデータのように、院の記憶の表面に次々に浮かびあがってくるのだった。……

晴明のソプラノによって、しかしながら、院の夢想はもろくも破られた。

「もはや重ねて申すまでもございますまいが、わが君のおん病い本復のためには、この

女房の髑髏を取りおさめ、清浄なる場所に葬りたてまつる以外にはございませぬ。髑髏のある場所は、しかじかでございます。」

院はふたたび人をつかわして、その十六歳の娘の華奢《きやしや》な髑髏をさがし出させると、晴明の教えのままに、厨子におさめてねんごろに供養した。それとともに、あれほどはげしかった院の頭風の悩みも、嘘のようにぴたりとおさまった。

二度あることは三度あるという。それから数年たって、またしても頭風が院を悩ませはじめた時には、もう院はそれほど驚かなかった。むしろかえって、端倪《たんげい》すべからざる闇のなかに沈みこんでいる、自分の前生をとことんまできわめつくしたいという、探究心のようなものが湧いてくるのをおぼえるほどだった。輪廻《りんね》の鎖をたぐってゆくと、はたして自分はどこまで遠く存在から存在へ旅しつづけているのか、まるで想像もおよばず、そらおそろしいような気がしてくるほどではないか。自分の前生が小舎人で、そのまた前々生が後宮の女房だったとすれば、さらにそのまた前々々生には、いったい自分はどのような人間だったのであろうか。それをこそ知りたいものだ。

召された晴明は、その老いを知らぬ輝かしい目のなかに、思いなしか、わずかに悲しみの色を宿していた。彼はつねづね未来と過去をふくむ闇の世界の支配者をもってみずから任じていたが、実際のところ、その世界には、指一本ふれたことがないのだという ことを痛感しはじめていたのである。彼はただ、規則正しい星宿の運行を見て、出来事の予兆を知ることしかできない。予兆はどこまで行っても予兆で、ついに出来事そのものとは一致せず、出来事そのものには到達しないのである。彼はいつも出来事のあとを追いかけているにすぎないのである。

晴明は花山院の前にすすみ出ると、声をはげまして、次のように奏聞した。

「おそれながら、わが君のおん前々《さきさき》々生《さきしょう》は、某と呼ぶ大峰の行者ときわまりました。このもの、二十五歳で熊野の谷に落ちて入滅いたしましたが、滝にて修行を積むこと千日間、その功徳によって、前々生にはやんごとなき女房と生まれ変ったのでございます。しかるに、この行者の髑髏が、いまや岩のあいだに落ち入り、雨気ある時には、その岩が水をふくんでふくらみ、髑髏を圧迫したてまつるによって、わが君のおん頭に、かくは痛みが感ぜられるのでございましょう。」

熊野という言葉を聞くやいなや、たちまち院の耳は沛然《はいぜん》たる雨の音にみたされた。実際に雨の音を聞いたように思ったのである。それは正暦三年、すなわち院が二十五歳のみぎり、初めて熊野の山に奥ふかく分け入った時のなまなましい記憶であった。

杉木立の下は昼なお暗く、おまけに篠つく雨が厚い枝葉を通して間断なく降ってくるので、院の白の浄衣も狩衣も、兜巾も絹小袈裟も、肌が透けて見えるまでに濡れそぼっていた。院ばかりではない、扈従《こじゅう》する入道中納言義懐も、入道左大弁惟成も、入道民部卿能俊も、元清阿闍梨《あじゃり》も、恵慶法師も、それぞれ杖を頼りに、びしょ濡れになって黙々と歩をすすめていた。岩の道にはびっしりと苔がはえていて、ともすれば藁靴の足がすべりそうになる。雨滴は顔をつたって流れ、顎の先からしたたり落ちた。先頭の入道中納言義懐がふりかえって、たまりかねたように、

「滝はまだか。」

案内者のひとりが答えて、

「まだでございます。さよう、あと三里ほどもございましょうか。」

「さっきも三里と申したではないか。いい加減なことばかり申すやつじゃ。」

院の記憶には、こんなシーンが切れ切れのフィルムのように、前後の脈絡もなしに、際限もなくつづいているような気がするのである。どこまで行っても雨また雨で、全体がぼうと水気に煙っているようでさえある。

ようやく那智の滝を眼前にする場所に着いたとき、にわかに雷鳴が起った。雷鳴は次第にはげしさを増して、紫色のジグザグの稲妻が、空をななめに切り裂き、滝壺の水にくっきりと反映するまでになった。空と滝壺とが、いわば稲妻によって連結されたかに見えたのである。

そのとき、足下の岩を震動させて、一匹の龍が稲妻にのって天降るのを院は見た。院が龍というものを見たのは、むろん、この時が初めてである。ふしぎなことに、おそろしいとは少しも思わなかった。白銀の鱗をひらめかして、龍は一瞬にして滝壺のなかに

すがたを消したかと思うと、ふたたび稲妻にのって天へ翔けのぼって行った。

「お前たちも見たか。あれはたしかに龍というものであろうな。」

「いえ、目がくらんで、とんとおぼえませぬ。ただ、あやしい光りものが空を突っ切って、滝壺のなかにもぐりこんだと見えました。」

しかし、それがたしかに龍である証拠には、光りものの消えたあとに、ゆくりなくも三つの宝物の岩の上に残されているのが発見された。すなわち如意宝珠一顆、水精の念珠一連、九穴の蚫貝《あわび》一枚である。龍が院のために落して行ったものにちがいない。

九穴の蚫貝とは何か。文字通り、穴が九つある蚫貝のことで、わが国にはきわめてめずらしく、一名千里光といい、これを食えば長生不老の徳を授かるという。まあ、仙薬の一種だと思えばよいだろう。近代の動物学者にいわせれば、九つも穴があるのはアワビではない、トコブシだということになろうが、そんな発言は無視することにする。

三つの宝物をえて、院はこれをどうしたか。供養を召し、末代行者のためにとて、如意宝珠を岩屋のなかにおさめ、念珠を千手堂の部屋におさめ、蚫貝を滝壺のなかに投げ入れた。のちに白河院が行幸せられたとき、この蚫貝をぜひ見たいと思って、海人《あま》を滝壺にもぐらせてみると、なんと貝の大きさは傘ほどもあったという。滝壺のなかでみるみる成長したのか、それとも最初からそんな大きさだったのか、それは知らない。

ところで、この蚫貝を滝壺に投げ入れる前に院が手にとったとき、殻のなかから、ころころと不意にころがり出たものがあった。アワビタマである。

　青味をおびて光る直径一寸ばかりのアワビタマを、院は掌の上にのせて、つくづく眺めた。見れば見るほど、それは人間の頭蓋骨によく似ていた。髑髏のミニアチュール。バロックの真珠が、時に髑髏そっくりに見えるのは読者も御存じであろう。

　もしかしたら、これは自分のはるかな前生の髑髏ではないだろうか、と院は考えた。輪廻の鎖をたぐってゆけば、はたして自分の遠い遠い過去がどんな人間であったか、今生の身には想像することもできかねるのである。なるほど、このアワビタマの頭蓋骨はごく小さい。神仙でもないかぎり、こんな小さな頭蓋骨をした人間はこの世にいなかろう。しかし小さいとか大きいとかいうことに、この場合、どんな意味があるというのだろうか。院は滝壺のほとりで雨に打たれつつ、そんなことをしきりに考えた。考えながら、なおもしげしげと小さなアワビタマを打ち眺めつづけた。……

「わが君は頭風のお悩みから解放されて、こころよくお眠りあそばしたようだ。どれ、私もそろそろ退出するとしようか。願わくは、この平和がわが君の上に末永くありますように。」

　安倍晴明がそうつぶやいて、御前を引きさがったのも院は知らずに、ただ昏々と眠りつづけた。

　晴明が願ったように、この時から院の頭風はふっつりと鳴りひそめて、よもや二度と再発することはあるまいと思われた。おかげで院は心おきなく、女から女への愛欲生活に耽溺《たんでき》することもできたし、その風流者としての趣味生活をさらに充実させることもできた。こうして十年ばかりが過ぎ、院もどうやら四十の坂を越すことになった。

或る日、院は三つの厨子の扉をひらいて、なかから三つの髑髏をとり出した。久しぶりに僧侶を呼んで法会をいとなみ、三つの髑髏の追善供養をしてやろうと思い立ったのである。

とり出してみると、三つの髑髏はいずれも少しずつ、大きく成長しているように見えた。院は目を疑った。気の迷いではないかと思った。そんなばかなことがあるだろうか。死んでいるはずの髑髏が成長するなんて。しかし疑いようもなく、三つの髑髏はそれぞれ、その容積をいくらか増して成長しているように見えたのである。

そのことをわが目で確認すると、とたんに院の頭がきりきりと痛み出した。それは院みずからが知りすぎるほど知っている、あの十年前の頭風の痛みにほかならなかった。しぶといやつめ。またおれを苦しめる気か。院は唇をゆがめて、思わず呪いの言葉を吐き出した。それにしても、この呪いはだれに向けられた呪いであったろうか。

十年ぶりに召されて伺候した晴明は、すでに八十歳をとうに越え、まもなく九十歳に近づこうとしているはずであったが、相変らず彼においては年齢がないかのようで、張りのあるソプラノを玲瓏とひびかせていた。ふたりの童子に手を引かれてはいるものの、その足どりはしっかりしていた。しかしその目には、かつてはそれほど目立たなかった、かくし切れない諦観の色が濃くあらわれていた。その目をかたく閉じて、

「おそれながら申しあげます」と晴明が一本調子な声でいった、「わが君のおん前々々生《さきさきさきしょう》は、本朝第六十五代の天皇であらせられました。しかるに、かの君、おん年十九歳にて剃髪出家なされ、法皇となりたまいてより叡山熊野にて、ひたすら仏道修行におはげみになられ……」

晴明の声を聞いているうちに、院の目の前は徐々にまっくらになっていった。もう自分がなにを聞いているのかも、どこにいるのかも、しかとは分らなくなっていた。気が遠くなって、自分の身体が無辺の空間にただよい出したように思われた。何千年も何万年も、そうして空間を浮遊しているような気がするのだった。このとき、すでに院の院としての意識はなくなっていた。完全になくなっていた。もしそこに意識が残っているとすれば、それは院のそれではなくて、なにかべつの人間のそれであった。べつの人間として生じた、一つの意識であった。

晴明は閉じていた目をひらくと、自分の目の前に、七歳ばかりの利発げな男の子がきちんとすわっているのを見て、思わず口もとをゆるめて微笑した。彼にもまだ、子供を見て微笑するだけの精神の張りは残っていたのである。

＊

「頼朝公おん十四歳のみぎりのしゃれこうべ」という、周知の落語の一節が子供のころから好きで、私はよく、このテーマを自分なりに、いろいろに変化させて空想してみることがあった。

大頭として有名な頼朝は五十二歳で死んでいるので、十四歳当時の髑髏というのは存在しうべくもない。しかし十四歳の髑髏がなければ五十二歳の髑髏はありえなかったのだし、五十二歳の髑髏のなかには十四歳の髑髏がふくまれているはずである。そもそも五十二歳の髑髏というのが偶然の結果にすぎず、かりに頼朝がもっと生きたとすれば、現在あるような五十二歳の髑髏はありえなくて、もっと高年の髑髏のなかに吸収されていたはずであろう。いや、人間が有機体として生きている以上、髑髏もつねに変化しているので、死なななければ髑髏はついに一定不変の形をもつことができないのだ。

なにも髑髏にかぎらず、成長するすべての有機体の部分において、いま私が述べたような関係は成立するわけなのだが、とくに人間の頭蓋骨を眺めると、そういう関係が際立っておもしろく感じられるのは、やはり私たち自身が死すべき人間だからにちがいあるまい。少なくとも博物館でマンモスの頭蓋骨を眺めても、こういうことは感じないのである。

しかし、こうして私がなにやら理窟っぽく述べていることも、もしかすると、私たちが古くから知っている「もののあわれ」という情緒を、いくらか違った角度から眺めているだけにすぎないのではないか、という気がしないこともない。私はイタリアのカプチン会の寺院で、何千という人間の頭蓋骨のあつめられているのを見たことがあるけれども、鴨長明や兼好法師は、べつに外国なんぞに行く必要もなく、そこらにころがっている野ざらしの髑髏をいつも目にしていたのではないか。

花山院の和歌はどれも子供っぽくて、あんまり感心しないものが多いようだが、一つだけ私のかなり気に入っている詠がある。それを次に引用して、この文章の締めくくりとしよう。『続拾遺集』巻第十八からである。

長きよのはじめ終りもしらぬまにいくよのことを夢に見つらむ

『続詞花集』では「いくそのことを夢と見つらむ」で、少しちがっている。むろん、前のほうがずっといい。

下衆法師《げすほうし》☆夢枕　獏

一

博雅《ひろまさ》が、思案気《しあんげ》な顔で、安倍晴明《あべのせいめい》の屋敷を訪れたのは、秋の夕刻であった。

この漢《おとこ》が、晴明の許《もと》を訪れる時は、いつもひとりである。

源博雅——醍醐《だいご》天皇の第一皇子兵部卿親王《ひょうぶきょうのみこ》の子であり、従三位《じゅさんみ》の殿上人《てんじょうびと》ということになる。まさにやんごとない血を引いているわけで、本来なれば舎人《とねり》も連れず、こんな時刻に、牛車《ぎっしゃ》も使わず、独り徒歩《かち》で出歩くことなどなさそうな身分なのだが、この漢、時おり、かなり無鉄砲なことをする。

帝《みかど》の琵琶《びわ》玄象《げんじょう》が紛失《ふんしつ》したおり、深更《しんこう》に、小舎人童《こどねりわらわ》ひとりを連れて、羅城門まで出かけたりしているのである。

博雅、この物語では、やんごとなき血筋の武士ということになっている。

さて――

いつものように晴明屋敷の門をくぐり、博雅は、

「ほう……」

と、溜《た》め息にも似た息を吐《つ》いた。

秋の野であった。

女郎花《おみなえし》、紫苑《しおん》、撫子《なでしこ》、草牡丹《くさぼたん》――その他、博雅には名も知らぬ草が、庭一面に茂っているのである。芒《すすき》が穂を微風に揺らしているかと思えば、野菊のひと叢《むら》が、撫子のひと叢と、混ざりあうようにして咲いている一画もある。

唐破風《からはふ》の塀のそばには、萩《はぎ》が、赤い花を重く咲かせた枝を垂らしている。

手入れなど、何もしていないようであった。

庭一面、草の生えるにまかせている――そんな感じに見える。

これではまるで――

〝荒れ野ではないか〟

博雅は、そう言いたげな表情をした。

しかし、妙に、この自由に草花が咲き乱れている晴明の庭を、博雅は嫌いではなかった。好ましい気持も、ある。

ただ生えるにまかせているだけでなく、どこかに晴明の意志が働いているからなのだ

ろう。

　この庭の風景は、ただの荒れ野ではない、不思議な秩序のようなものがあるのだ。どこがどうとは、うまく言葉にはできないのだが、その不思議な秩序が、この庭を好もしいものにしているのだろう。

　眼に見える印象でいうのなら、あるひとつの草だけが特別に多く生えているということがない。かといって、どの草も、同じ量だけ生えているというのでもない。ある種類は多く、ある種類は少なかったりもするが、その加減がいい塩梅《あんばい》になっているのである。

　それが偶然か、晴明の意志によるものか、博雅にはわからない。

　わからないが、晴明の意志が、なんらかのかたちで、この風景に関わっているだろうとは思っている。

「晴明、おるか」

　博雅は屋敷の中へ声をかけた。

　しかし、中から返ってくるものはない。

　誰かが案内《あない》に出て来るにしても、それが、人の姿をしていようが獣の姿をしていようが、いずれは晴明が使っている式神《しきがみ》の類《たぐい》であろう。

　いつであったか、人語を話す萱鼠《かやねずみ》に出迎えられたこともあるのだ。

　だから、屋敷の内部のみではなく、足元にも注意を向けてみたのだが、何か現われてくるわけではない。

秋の野が、博雅の周囲に広がっているばかりである。

「留守か——」

小さく口に出してつぶやいた時、博雅は、風の中に、甘い匂《にお》いを嗅《か》いだ。

得も言われぬ良い匂いが、大気の中に溶けているのである。空気の層のどこかに、ひときわ強くその香《か》が溶けているらしく、首《こうべ》をめぐらせると、その動きに合わせて、匂いが強くなったり弱くなったりする。

はて——

博雅は、首を傾けた。

何の匂いか。

花の香りであることはわかる。

菊か。

いや、菊ではない。

菊よりも、もっと甘みのある、ふくよかで芳醇《ほうじゅん》な香りだ。頭の芯《しん》をとろけさせるような匂い。

その香に誘われるように、博雅は、草の中に足を踏み出していた。

草の中を、屋敷の横手に回り込んでゆく。

すでに、陽《ひ》は、山の端《は》に没している。

夕闇《ゆうやみ》が、屋敷の影や塀の影から少しずつ這《は》い出してきて、大気の中に忍び込もうとしていた。

と——

すぐ先の草の中から、人の丈《たけ》の三倍近い高さの樹が生えているのが見えた。

初めて見る樹ではない。

これまで、晴明の屋敷を訪ねたおりに、何度か眼にしている樹だ。しかし、いつもと違うのは、その樹の枝に、黄色っぽい、実のようにも花のようにも見えるものが、付いていることである。

甘い匂いは、どうやらその樹から流れ出しているらしかった。

近づいてゆくと、はっきりその匂いが濃くなってゆく。

博雅は樹のすぐ手前で立ち止まった。

その梢《こずえ》の中で何やら動くものがあったからである。

白っぽい人影であった。

何者かが、その樹に登って何かをしているのだ。

ぽとりと、博雅の足元に何か落ちてきた。

みれば、その樹に咲いている花か実のようなものが、びっしりと付いている小枝であった。これだけ匂うところを考えれば、これは、実ではなくて花なのであろうと博雅は思った。

と——またひとつ、その花が落ちてきた。

小さな、小枝の折れる音。

その人影は、さっきから、花の咲いた小枝を、細い指先で折っては、樹の下に投げているのである。

よく見てみると、樹の周囲はびっしりと、毛氈《もうせん》のように、その黄色い花でしきつめられている。

しかし、不思議なのは、あれだけ枝が密生している梢の間に居ながら、その人影は少しもその動きを、枝に邪魔されていないことである。

どうやら、その人影の身体は、空気のように、枝や葉をすり抜けさせてしまうらしい。

博雅は、その人影が誰であるかを知ろうとして、眼を凝《こ》らした。

だが、その顔に眼を凝らそうとすればするほど、その眼や鼻や口や顔の輪郭が朧《おぼ》ろに霞《かす》んでしまうようである。見えているのに、定かでない。

まるで、幻が、そこに人の型をとっているようである。

式神か⁉

博雅が思った時、その朧ろであった人影の顔が、ふいにはっきりとしたものになった。

微笑した。

「晴明……」

博雅が、小さく声をあげた時、

「おい、博雅――」

斜め後方から声がかかった。

博雅が振り返ると、屋敷の濡《ぬ》れ縁《えん》に白い狩衣《かりぎぬ》姿の晴明が胡坐《あぐら》をかいて座していた。右肘《ひじ》を右膝《ひざ》の上に置き、右腕を立て、その手の中に顎《あご》を乗せ、晴明は笑いながら博雅を眺めていた。

「晴明、おまえ、今あの樹の上に……」

「いいや。おれならば、さっきからここに座っていたぞ」

「しかし、あの樹の上に……」

博雅は、樹の方を振り返った。

だが、その樹の上には、もはや人影はない。

「式神か――」

博雅は、晴明に向きなおって言った。

右手の中から顔を持ちあげ、

「まあ、そんなところだ」

晴明は言った。

「式神に、何をさせていた?」

「見ての通りさ」

「いや、自分が見たものはわかっている。人が、あの樹の上で、花の咲いた小枝を折って投げていた――」

「その通り」

「だから、それがどういうことかわからぬから、おれはおまえに訊《き》いてるのだよ」

「じきにわかる」

「じきに?」

「うむ」

「じきにじゃわからん」

実直そうな口ぶりで、博雅は言う。

「まあ、博雅よ、ここに酒《ささ》の用意がある。これでも酌《く》みかわしながら、ゆるゆると庭でも眺めているうちには、わかろうさ」

「む、むむう……」

「来い」

晴明の右横に、盆があり、その上に酒の入った瓶子《へいし》とふたつの盃《さかずき》が載っている。

皿に盛られた干し魚もあった。

「まあ、とにかく、そこへはゆく」

博雅は、濡れ縁の上に庭からあがり、晴明の横に座した。

「手まわしのよいことだな。おれが来ることが、始めからわかっていたみたいではないか」

「博雅よ。知られたくなくば、一条戻り橋を渡る時に、独り言を言わぬことだ」

「また言うたか、あそこで——」

「おるかな、晴明と、そう言ったではないか——」

「さては、戻り橋のぬしの式神がまた知らせたかよ」

ふふん、
と晴明は、紅《あか》い口元に涼し気な微笑を浮かべた。

その時には、晴明は、瓶子を手にとって、ふたつの盃に酒を満たしている。

ただの盃ではない。

瑠璃《るり》の盃である。

「ほう……」

と、博雅は声をあげた。

「これは、瑠璃ではないか」

盃をとって、しみじみとそれを眺め、

「やや、中の酒も普通ではないな」

見れば、赤い液体が入っていて、香りも、酒とはわかるが、博雅の知っている酒のものとは違っている。

「飲んでみよ、博雅——」

晴明が言う。

「まさか、毒とか、そんなことはあるまいな——」

「心配はいらぬ」

晴明が先に、盃を唇に運んだ。

それを見て博雅も盃を口に運ぶ。

博雅は、その赤い液体を軽く口に含んでから、ゆっくりと飲み込んだ。

「いや、なかなか」

ほう、と息を吐き、

「胃の腑《ふ》に染みわたる」

そう言った。

「盃も酒も、唐土《もろこし》から渡ってきたものだ」

「ほう、唐土からか——」

「うむ」

「さすがに、唐土は、珍奇なる品が揃《そろ》うておるのだなあ」

「唐土から渡ってきたは、その二品だけではないぞ。仏の教えも、陰陽《おんよう》の元《もと》も、唐《から》、天《てん》竺《じく》から渡ってきたものだ。それから――」

晴明は視線を庭の樹に向け、

「あれもだ」

「あれもか」

「木犀《もくせい》の樹よ」

「ふうん」

「毎年、この時期になると、花が匂うのだ」

「なあ、晴明よ。こういう匂いを嗅ぐと、人は好もしい女のことを想い出してしまうものなのだなあ」

「ほう、いるのか、博雅？」

晴明が訊いた。

「いや、何がだ？」

「だから、好もしい女がだ。おまえ、今、あの花の香を嗅ぐと、好もしい女のことを想い出すと言ったではないか」

「い、いや。それは、おれのことを言ったのではない。人というものの、心もちについて言っただけだ」

博雅は、とりつくろうように言った。

晴明は、ほんのりと紅《あか》い口元に微笑を含んで、楽しそうに博雅を見つめている。

その時、晴明の視線が動いた。

「おう、見よ……」

晴明の視線を追って、博雅が視線を動かした。

その視線の先に、あの木犀の樹があった。

その木犀の前の空中に、何か、靄《もや》のようなものがかかっていた。

すでに、闇が庭の大気の中に忍び込んでいる。

その薄闇の宙に、朧ろな、燐光《りんこう》を放つものが凝《こ》ろうとしていた。

「何なのだ、あれは?」

「だから、じきにわかると言ったろう」

「あの、花を折って捨てたことに関係があるのか——」

「そういうことだな」

「どういうことだ」

「静かに見ていろ」

晴明は言った。

短い会話をしている間にも、宙のそれは、ゆっくりと密度を増してゆき、何かの形をとりはじめている。

「人か……」

博雅は、小さくつぶやいた。

見ているうちに、それは、唐衣裳《からごろも》を纏《まと》った女の姿となった。

「薫《かおる》だ……」

晴明が言った。

「薫？」

「この時期に、いろいろとおれの身のまわりの世話をやいてもらう式神だよ」

「なに――」

「あの花が散るまでの、ほんの十日ほどの間のことだがな」

晴明は盃の葡萄酒《ぶどうしゅ》をまた口に含んだ。

「しかし、晴明よ、それと、花を折って地面に散らしていたのとはどういう関係があるのだ」

「博雅よ。式神を創《つく》るというても、これはこれで、なかなか難しいのだ。花を下に敷いたは、薫を呼び易《やす》くするためでな」

「それはどういうことなのだ」

「たとえば博雅よ、ぬしは、冷たい水の中にいきなり飛び込めと言われて、飛び込むことができるか――」

「それが帝の御命令とあればやるであろうな」

「しかし、それにも勇気が必要であろう」

「うむ」

「だが、その前に、ぬるい水にいったん入っておけば、次に冷たい水に入るのは楽になろうが」

「それはそうだ」

「あの、地に散らした花もそうよ。樹の精を式神として呼び出《いだ》すのに、いきなり樹の外というのであっては、それは冷たき水と同じよ。いったん、自分の香りに満ちた空気の中に出てくる方が、木の精も出易いというものではないか」

「そういうものなのか」

「そういうものなのだ」

晴明は、庭に眼をやり、

「薫」

薫に声をかけた。

「すまぬが、こちらへ来て、博雅殿に酌でもしてやってくれぬか」

あい——

と、昼の動きで短く答え、薫はしずしずと濡れ縁の方に歩いてきた。

ふわりと音もなく濡れ縁の上にあがり、薫は博雅の横に侍《はべ》った。

瓶子を手に取って、葡萄酒を、空になっていた博雅の盃に注いだ。

「これはすまぬ」

葡萄酒を受けて、博雅は、かしこまった様子で、それをひと息に飲み干した。

二

「それにしても晴明よ。ああやって逢坂山《おうさかやま》に庵《いおり》を結んでひきこもっておられるが、おれも、最近になって、蟬丸《せみまる》どのの心もちがわかるような気がしてきたよ」

葡萄酒をのみながら、溜め息とともに博雅が言った。

「どうしたのだ、急に——」

「いや、これでも、おれなりに思うところがあるのだ」

「何を思うている?」

「人の欲望というものは、なかなか哀《かな》しいものだなあ……」

しみじみとした口調であった。

その博雅の顔を見つめ、

「何やらあったか、博雅よ——」

「あったというほどのことではないがな、横川《よかわ》の僧都《そうず》が、先日病で亡くなられたのは知っているだろう」

「うむ」

晴明はうなずいた。

横川というのは、東塔、西塔と並ぶ、比叡山三塔のうちのひとつである。

「その僧都というのが、なかなかの人物でな。博識で、信心深く、病に伏しておられながら、毎日、念仏を唱えていたほどの御方《おかた》よ。だから、その僧都が亡くなられた時は、これはもう、極楽往生まちがいなしと、誰でも思うたのだが——」

「ちごうたか」

「うむ」

僧都の葬儀も終わり、四十九日も過ぎて、弟子の僧のひとりが僧坊を受け継いで住むことになった。

この僧が、あるおり、ふと棚の上を見上げると、小さな白い、素焼きの瓶《かめ》がそこに載っている。亡き僧都が、生前に酢《す》を入れておいた瓶である。

何気なくその瓶を手に取って中を見ると、

「なんと、晴明よ、その瓶の中には、一匹の黒い蛇が蜷局《とぐろ》を巻いて、赤い舌を、こう、ちろちろと揺らしていたというのだよ」

その晩、僧の夢の中に、亡き僧都が現われ、さめざめと涙を流しながら言うには、

〝我は、おまえたちが見たように、ひとえに極楽往生を願って念仏をとなえ、臨終にあっても余念を抱《いだ》かずに、まさに死なんとする時、ふと、棚の上の酢の入った瓶のことを考えてしまった。自分が死んだら、はたしてあの瓶は誰の手に渡ることになるのかと。ただ一度、死ぬ際に頭に浮かんだその想念が、この世への執着となり、蛇のかたちとなって、あの瓶の中に蜷局を巻いたのである。ために、我、いまだ成仏《じょうぶつ》できずにいる。どうか、あの瓶を誦経《ずきょう》料として、このわしのために、経文を供養してはもらえまいか〟

その通りにしてやると、瓶の中の蛇は消え、僧も、それきり僧都の夢を見なくなったという。

「叡山の僧都にしてからが、こうなのだよ。なかなか、凡夫《ぼんぷ》の身が、欲望を捨て去るというのはできぬものなのではないか――」

「ふうむ」

「しかしなあ、晴明よ。欲望を心に抱くというのは、それほどに成仏しがたいことなのだろうかな――」

博雅、今は、酒に頬《ほお》を赤くしている。

「欲望をかけらも持たぬ人は、もはや、人ではないような気がするよ。それなら——」

と、博雅は盃を干し、

「おれは、人でいいという気が最近はするのだよ、晴明——」

しみじみと言った。

空いた盃に、薫が葡萄酒を注ぐ。

すでに、庭には、夜が訪れていた。

知らぬ間に、屋敷のあちこちに、ゆらゆらといくつもの灯火が点《とも》っている。

晴明は、顔を赤くしている博雅を、優しい眼で眺め、

「人は、仏にはなれぬ……」

ほろりと言った。

「なれぬのか」

「ああ、なれぬ」

「えらい坊主でも無理なのか」

「うむ」

「どのように修行をつんだとしてもか」

「そうだ」

晴明の言葉を、腹深く呑《の》み込むようにして沈黙してから、

「それはそれで、哀しい話ではないか、晴明よ」

「博雅よ、人は仏になるというのは、幻《まやかし》よ。仏教も、あれだけ、この天地の理《ことわり》について、理づめの考え方をもっていながら、その一点において何故《なぜ》と、おれは長い間不思議であった。しかし、この頃になってようやくわかってきたのだが、その幻によって、仏の教えは支えられており、その幻によって、人は救われるのさ」

「────」

「人の本性を仏と呼ぶは、あれは一種の呪《しゅ》よ。生きとし生けるもの皆仏とは、ひとつの呪なのだ。もし、人が仏になることがあるとするなら、その呪によって、人は仏になるのだ」

「ふうん」

「安心しろ、博雅よ。人は人でよいのだ。博雅は博雅でよい」

「呪の話は、おれにはよくわからぬが、おまえの話を聴いていると、なんだかほっとするな」

「ところで、何で急に、欲望だの何だのと言い出したのだ。何か、今日の用事に関係あるのではないか──」

「ああ。そうなのだ、晴明よ。薫のことで、つい言いそびれていたのだが、用事があっ

て、おれはおまえに会いに来たのだ」

「どんな用事だ」

「それがなあ、これがなかなか、厄介なことなのだよ」

「ほほう」

「おれの知り合いにな、下京《しもぎょう》方面に住む寒水翁《かんすいおう》という名の絵師がいると思ってくれ」

「うむ」

「寒水翁というても、歳の頃は三十六歳くらいでな。仏画もやるし、頼まれれば、襖《ふすま》にも、扇子《おうぎ》にも、松や竹、鯉《こい》などの絵をさらさらと描く。その男が、今、たいへんな目に遭《お》うているのだよ。先日も、その男が尋ねてきたので、色々と話を訊いてみたのだが、どうもおれの手にはおえそうにない。これはどうも、晴明よ、おまえの領分の仕事らしい。それで、今日は、ここまでおまえに会いに来たのだよ――」

「おれの仕事かどうかはともかく、博雅よ、おまえ、その寒水翁について、おれに話をしてはくれまいか」

「うむ」

と、博雅はうなずいて、

「実はな」

と、語りはじめたのであった。

三

　しばらく前から、西ノ京あたりを中心にして、あちらこちらの辻《つじ》に立っては、外術《げじゅつ》を人に見せることを商売にしている青猿《せいえん》法師がいた。

　見物人の足駄《あしだ》や、屐《しりきれ》、草履《ぞうり》などを犬の子に変えてそこらを走り回らせたり、懐《ふところ》から狐《きつね》を出して鳴かせたりする。

　見物人が投げてくれた銭を拾って糧《かて》にしているのだが、これが、なかなかの評判である。

　時おりは、馬や牛をどこからか曳《ひ》いてきて、その尻から入って口から出てくるという術も見せたりする。

　たまたま通りかかって、これを見たのが寒水翁であった。

　もともと奇怪《あやし》の外法《げほう》に興味のあった寒水翁、この術を見て、すっかり外術の虜《とりこ》となってしまった。

　今日はどこの辻に立つか、明日はどこの辻に立つかと、この青猿を追っかけているうちに、自身もその術を修得したいと考えるようになってしまった。

　この情極《きわ》まって、ついに、寒水翁、青猿に声をかけた。

「いや、ぜひ、その術をば、私に教えてはいただけませんでしょうか」

すると、青猿が答えて言うには、

「この術、たやすく人に伝うべきものに非《あら》ず」

と、相手にしない。

しかし、寒水翁もそれで引き退《さ》がりはしなかった。

「そこをなんとか、ぜひ」

「しかたがありませんな。よし、おまえがもし本気でこの術を習いたいのなら、方法がないわけではない」

「では、教えていただけますか」

「まあ、お待ちなさい。教えるのはわたしではない。わたしがこれからおまえを、あるお方の元までお連れするから、そのお方に習うのだ。わたしにできるのは、おまえをそこへ連れてゆくことだけなのだ」

「ではぜひ」

「その前に、約束していただきたいことが幾つかあるが、それが守れますかな」

「なんなりと」

「まず、これから七日間、他人に知られぬように精進して身を清め、新しい桶《おけ》をひとつ用意して、それに、交飯《かちいい》を清く作って盛り、それを自分で荷《にな》い持って、もう一度わたしの所までやって来なさい」

「わかりました」

「それから、もうひとつ。おまえが、実《まこと》にこの秘術を習い取らんと思う志を持つならば、次のことを堅く守っていただきたい」

「何でしょう」

「それは、刀を、決して持ってきてはいけないということです」

「易《やす》きこと。刀を持たねばいいのでしょう。教えていただく身で、否《いや》も応もありません」

「では、くれぐれも、刀を持たずに——」

「はい」

ということで、寒水翁、さっそく身を清め、注連縄《しめなわ》を張って家に籠《こも》り、誰にも会わずに七日間の精進をした。

清き交飯を作り、それを清き桶に盛った。

いよいよ法師のもとへゆこうという時になって、気になってきたのは、刀のことである。

何故、刀を持っていってはいけないのか。

わざわざ、あの法師が刀のことなど言い出すのは、どうも怪しい。もし、刀を持たずに行って、何かあったのではたまらない。

寒水翁は、迷ったあげくに、ひそかに短い刀を隠し持ってゆくこととした。

その刀をよくよく念入りに研《と》ぎあげ、わからないように、懐にしのばせた。

法師のもとへゆき、

「約束通りにしてまいりました」

そう言った。

「ゆめゆめ、刀など持ってきてはおるまいな――」

法師が念を押す。

「もちろん」

冷や汗を掻《か》きながら、寒水翁はうなずいた。

「ではゆこうか」

寒水翁は、桶を肩に担ぎ、懐には刀をしのばせて、法師の後に続いた。

歩いてゆくと、法師は、どことも知れぬ山中に分け入ってゆく。

寒水翁は、気味が悪くなってきたが、それでも後をついてゆく。

そのうちに、

「腹が減ったな」

法師が立ち止まる。

寒水翁を振り返り、

「その交飯を喰《く》おう」

寒水翁が下ろした桶から、法師が飯を手摑《てづか》みし、それをがつがつと喰う。

「おまえも喰《た》べるか」

「いえ、わたしは結構です」

軽くなった桶を担ぎ、さらに深い山の中に入ってゆく。

知らぬ間に、夕刻になっている。

「さても、よくぞここまで、遥《はる》ばると来たものよ」

寒水翁がつぶやいた。

さらに歩いて、陽が落ちた頃、山中にこぎれいに造られた僧坊に着いた。

「これにて待たれよ」

寒水翁をそこに置いて、法師が中に入ってゆく。

見ていると、小柴垣《こしばがき》のあるあたりに立ち止まって、法師は、ひとつふたつ咳《せき》をした。

すると、奥から障紙《しょうじ》を曳き開けて、ひとりの老僧が姿を現わした。

見れば、睫《まつげ》長く、服装は気品あり気であるが、やけに鼻が尖《とが》っているようであり、口元に長い歯が覗《のぞ》く。

何やら生臭き風が、その老僧の方から吹き寄せてくるようである。

「しばらく顔を見せなんだな」

老僧が、法師にむかってつぶやいた。

「長らくのご無沙汰《ぶさた》、申しわけございません。本日はここに、みやげを用意いたしました」

「みやげとな?」

「はい。こちらにお仕え申しあげたいという男がおりまして、それをここへお連れいたしました」

「また、いつものごとくにつまらぬことを口にして、たぶらかしたのであろうが。それはどこにいる」

「あちらに――」

と、法師が振り返る。

法師と老僧と、ふたりの視線と、寒水翁の視線が合った。

寒水翁は、軽く会釈をしながらも、もう、心臓を早鐘《はやがね》のように鳴らしている。

そこへ、灯《あか》りを手に持った小坊主が、ひとり、ふたり現われて、僧坊のあちこちに灯りを点してゆく。

「こちらへ」

法師が声をかけるので、寒水翁は、しかたなく門の中へ足を踏み入れた。

法師の横へ並ぶと、法師は、寒水翁の手から桶を取って、それを縁の上に置いた。

「交飯でござります」

「ほう。うまそうな……」

老僧が、赤い舌を覗かせた。

寒水翁は、もう、帰りたくて帰りたくてたまらない。

この法師も、老僧も怖い。

わっ、と声をあげて、走って逃げたいのだが、それをこらえている。

「で、どうだ。まさか、その男、刃物を懐に呑んでなどおるまいな」

老僧が、こわい眼を寒水翁に向けて言った。

「わが皮を刃物ではがれるのは、たまらぬからな……」

なんとも言い難く薄気味悪い。

「はい。充分に言い聞かせておきましたので――」

法師が言った。

「しかし、まあ、念には念を入れねばなるまいよ。おい――」

と、老僧が、小坊主に声をかけた。

「はい」

「そこにいる男の懐をさぐれ。刃物を持っているかどうかをみるのだ」

「それでは——」

と、小坊主が庭へ降りてやってくる。

ああ——

と、寒水翁は思う。

調べられれば、短刀を懐に呑んできたのがわかってしまう。

そうなったらまずいことになる。きっと自分は、ここで、この法師や老僧の手によって殺されてしまうだろう。

どうせ、死ぬのなら、懐の刀でこの老僧にひと太刀《たち》あびせてからだと寒水翁は考えた。

小坊主が寄ってくる。

近づいてきた小坊主が、寒水翁を見て、

「あら——」

声をあげた。

「どうした?」

老僧が訊いた。

「このお方、震えておいでです」

小坊主がそう言ったか言わないかの時、

「わあっ」

寒水翁は、声をあげて懐の刀を抜き取り、小坊主を突き飛ばして、縁に飛び乗った。

飛び乗りざまに、老僧目がけて襲いかかり、持った短刀で、

「えいやっ」

とばかりに切りかかった。

手応《てごた》えあったかと覚えた時、

「あなや」

老僧の口から叫び声が洩《も》れて、老僧の姿が掻き消えた。

同時に、小坊主も、僧坊も消えていた。

あたりを見回すと、どことも知れぬお堂の中である。

見れば、傍《かたわら》に、寒水翁をここまで案内してきた法師が立ち、がたがたと震えている。

「ああ、おまえはなんというとんでもないことをしてくれたのだ」

法師はそう言いながら、寒水翁を泣きののしった。

「おとなしゅう、喰われてしもうたらよかったのに。どのみち、おまえは助からぬし、こうなったら、おれも、おまえと同じ運命だ」

法師は天を仰いで、
おおん
おおん

と、哭《な》き出した。

吼《ほ》え叫ぶうちに、法師の姿がかわってゆく。

よくよく見れば、法師と見えたは、青い大猿であった。

おおん

おおん

と哭きながら大猿は堂の外へ出、山の中へ姿を消していった。

四

「とまあ、こういうことが、おれの知り合いの寒水翁の身におこったのだよ」

博雅は言った。

すでに、陽はとっぷりと暮れている。

「外術を覚えたいなどと、つまらぬ欲望を抱いたばかりに、寒水翁は怖い目にあってしまったのだよ」

「それで?」

「なんとか、寒水翁は家に帰りついたのだが、それから三日後の晩にな、たいへんなことがおこったのだ」

「どのような」

「うむ」

博雅はうなずいて語りだした。

寒水翁、家には帰ったものの、怖くて怖くてしかたがない。

〝どのみち、おれもおまえも死ぬのだ〟

という、大猿の言葉が耳にこびりついて離れない。

家に閉じこもって、誰にも会わずに三日を過ごしたその晩に、ほとほとと、家の戸を叩《たた》くものがあった。

怖いから黙っていると、

「おれだおれだ」

という声がする。

あの法師、大猿の声である。

「よい知らせがあるのだ。ここを開けてくれぬか」

明るい声である。

事態が好転したかと戸を開けると、外には誰もいない。

月光がほろほろと注いでいるだけである。

はて——

と、そう思った時、ふいに、天から重い音をたてて落ちてきたものがあった。

みれば、血まみれのあの大猿の首が、家の前の土の上に転がり、月光を浴びている。

息を呑んで、悲鳴をあげようとしたところへ、さらにばらばらと天から落ちてきたものがあった。

いずれも、大猿の手や足、胴、ひきずり出された臓物などであった。

「では、三日後の晩に、また来る」

地に転がった大猿の唇が動いて、あの老僧の声でそう言った。

見れば、大猿の口の中で動く舌が、糞にまみれている。

「それで、寒水翁が、おれのところに、今日の昼に相談にやってきたと、こういうわけなのだよ」

「で、三日後の晩というのはいつだ。まさか今夜ではあるまいな」

「明日の晩だ」

「ふむ。それならば、助くる法がなくもない――」

「どんな法だ」

「説明はしておれぬ。これからできることはそういくらもない。相手はかなりたちの悪いやつだ」

「そんなにたいへんなのか」

「うむ。よいか博雅、これからおれが言うことをよく覚えておくのだぞ」

「ああ、何でも言ってくれ」

「明日の夕刻までに、その寒水翁のところへゆき、戸閉まりをし、ふたりして家にこもっているのだ」

「わかった」

「おれがこれから札《ふだ》を書く。その札を、家中の、子《ね》、丑《うし》、寅《とら》、卯《う》、辰《たつ》、巳《み》、午《うま》、未《ひつじ》、申《さる》、酉《とり》、戌《いぬ》、亥《い》、それからさらに、艮《うしとら》、巽《たつみ》、坤《ひつじさる》、乾《いぬい》、と、これだけの方角の場所に張りつけておくのだ――」

「それで――」

「これで、まず、妖物は中へは入って来れぬ――」

「おお、それはよい」

「いや。よくない。入れぬとわかった妖物は、あれこれ方法をつくして家の中へ入ろうとするだろう。よいか、家の中に居るものが、戸を開けてそれを中へ入れようとするなら、どんな札を張ってあっても効き目がないと思え――」

「う、うむ」

「とにかく、何があろうと、何ものも家の中には入れぬことだ」

「で、晴明よ。ぬしはどうするのだ」

「後からゆく」

「後から?」

「寒水翁を助くるのに必要なものがあるのだ。それを捜しにゆかねばならぬ。うまくすれば夕刻までには寒水翁の家までゆけるが、悪くすれば夜になるやもしれぬ」

「む、む」

「だから、おれがゆくまでは、誰が来ても、決して戸を開けてはならぬ」

「わかった」

「念のため、薫を連れてゆけ。もし、戸を開けてよいのか悪いのか迷うことがあったら薫に問えばよい。薫が首を横に振ったら、絶対に戸を開けぬことだ」

「よし」

「さらに念のため、これを預けておく」

晴明は懐に手を入れ、一本の短剣を取り出した。

「賀茂忠行《かものただゆき》どのがお持ちであった芳月《ほうげつ》だ。おそらくな、何らかの方法で妖物が家の中に入ったとすると、次にすることは、寒水翁の身体の中に入ることだ。話の様子からして、たぶん、尻から入って口から出てゆく。よいか尻から入られるのはかまわんが、口から出てゆかれたら、そのおりに魂まで一緒に持ってゆかれてしまうぞ」

「魂を!?」

「つまり、死ぬということだ」

「それはいかん」

「だから、もし、妖物が寒水翁の中に入り込んだと思うたら、出る前に、これを寒水翁の口に啣《くわ》えさせるのだ。よいか、必ずこう、刃を内側に向けて啣えさせるのだぞ。刃物に弱い妖物のようだからな。どこかで、刃物でよほど怖い目にあったのだろう」

「よし、わかった」

博雅はうなずいた。

五

ほのかに、木犀の香りが漂っている。

その香りを、博雅は静かに呼吸している。

博雅の左横に座っているのが、寒水翁である。

そして、ふたりよりやや離れた場所に、薫が座していた。

木犀の香りは、その薫から漂ってくるのである。

灯火が、灯り皿にひとつだけ点っている。

夜——

そろそろ、子《ね》の刻に近い。

深夜だ。

晴明がやって来ないまま、この時間になってしまった。

まだ、何ごともおこってはいない。

「のう、博雅さま、もしかして、このまま何もおこらずに夜が明けるのでは?」

寒水翁が問うが、

「わからぬ」

博雅は首を左右に振るばかりである。

本当に、寒水翁の言うように、何ごともないかもしれない。

また、あるかもしれない。

それは、どちらとも言えない。

そのくらいは、寒水翁もわかっている。

ただ、不安から、そのようなことを口にしているだけなのだ。

博雅の膝先には、いつでも抜けるように、ひと振りの短剣が置かれている。

夕刻には、わずかの風もなかったのに、夜が更けるにしたがって、少しずつ、風が吹いてきたようであった。

風が、時おり、戸を小さく揺すって音をたてる。

そのたびに、寒水翁も博雅もびくりとしてその音の方に眼をやるが、やはり、風の音で何ごともない。

そして――

ようよう子の刻になったかと思われた時、がたがたと、入口の戸を揺する音がした。

何ものかが、戸を開けようとしているのである。

「むう」

博雅は、太刀を引き寄せて、片膝を立てた。

「あなくちおしや、ここに札のありつるよ」

低い、不気味な声が戸の向こうから響いてきた。

戸を揺する音がやみ、次は少し離れた場所の壁が、音をたてた。

鋭い爪《つめ》を立てて、かりかりと掻くような音だ。

「あなくちおしや、ここにも札のありつるよ」

くやしそうな、低い声が響いてきた。

寒水翁が、小さく叫び声をあげて、博雅の腰にしがみついてくる。

寒水翁の身体が、小刻みに震えている。

家の周囲をまわりながら、くちおしやという声は、十六度聴こえた。

その声がちょうど家を一周し、再び、静寂が訪れた。

また、風の音が響くばかりである。

「行ってしまったのでしょうか」

「わからん」

あまりに強く、太刀の鞘《さや》を握っていたので、白くなった指を開き、博雅は、また、太刀を床に置いた。

しばらくして——

ほとほとと、戸を叩くものがあった。

はっとして、博雅が顔をあげると、女の声で、

「寒水や、寒水や……」

寒水翁の名を呼ぶ声がする。

「起きているのかえ。あたしだよ——」

歳を取った女の声だ。

「母《はわ》さま」

寒水翁が声をあげる。

「なに!?」

博雅もまた、太刀に手をかけて、低く声をあげた。

「あれは播磨《はりま》の国にいるはずの、母の声でございます」

寒水翁が言った。

立ちあがり、

「母《はわ》さま。本当に母さまか？」

「何をおかしなことをお言いだい、この子は。久しぶりにおまえの顔が見たくてねえ、こうしてわざわざやってきたんじゃないか。あけておくれな。おまえは、おまえの母親を、いつまでこんなに寒い風の中に立たせておく気だい」

「母《はわ》さま」

戸口へ歩みかける寒水翁を制して、博雅は薫を見やった。

薫が、静かに首を左右に振った。

「妖物だ。開けてはならぬ」

博雅は、太刀をひき抜いた。

「あたしのことを、妖物だなどと言うのは誰だえ。そんなひどいことを言う人間と、おまえは一緒にいるのかえ、寒水や……」

寒水は黙っている。

「開けておくれな」

「母《はわ》さま、もし、本当に母さまなら、わたしの父の名を言うてくれますか」

「なんだい、それは、藤介《とうすけ》じゃないか——」

「備前に嫁いだ、わが妹の尻に黒子《ほくろ》がありますが、それは、右の尻でしたか、左の尻でしたか——」

「何をお言いだい。綾《あや》の尻にはどちらにも黒子なんてないよ」

女の声が言った。

「やはり、母《はわ》さま!?」

ゆこうとしかける寒水翁を、博雅が止める。

そこへ——。

「あれぇ」

女の悲鳴があがった。

「これはなんだい。怖い化物が、あたしを襲ってくるよ。これ、助けておくれ、寒水や——」

どっと、戸の向こうから、人が地に倒れる音が響いてきた。

続いて、こりこり、くちゃくちゃという、獣が肉を啖《くら》う音。

「痛や、痛や……」

女の声。

「こやつが、あたしの腸《はらわた》を喰《た》べてるよ。ああ、痛や、痛や……」

博雅が薫を見ると、薫が首を左右に振る。

博雅の額からも、寒水翁の額からも脂汗がしたたり落ちている。

ふいに、静かになった。

風の音。

大きく博雅が息を吐き出し、ひと呼吸、ふた呼吸したかどうかという時に、いきなり、大きな音がして、戸が、内側にたわんだ。

何ものかが、外から、強い力で戸を破ろうとしているのである。

博雅は太刀を上にかざして、戸の前に仁王立ちになった。

おもいきり歯を噛《か》んでいる。

博雅の身体が、ぶるぶると震えている。

しばらくその戸を破ろうとする音は続いたが、やがて、それもやんで静かになった。

「ふう――」

と、大きく博雅が息を吐き出した。

また、静かな刻《とき》が過ぎた。

そして、ほどなく丑《うし》の刻かと思える頃――

また、戸を叩くものがあった。

「博雅、遅れてすまぬ。無事か」

晴明の声であった。

「晴明――」

博雅は、喜びの声をあげて戸口に駆け寄った。

「博雅さま、それは――」

薫が立ちあがって首を左右に振ったが、その時、博雅は戸を大きく開け放っていた。

その途端――

ごう、
と、太い風が、正面から博雅を叩きつけてきた。

その風とともに、黒い霧のようなものが、戸口と博雅との間の透き間から家の中に入り込んできた。

それを防ぐように、薫が霧の前に立ったが、どっと、風と霧とに叩きつけられて、薫の姿は散りぢりになって、大気の中に霧散した。

木犀の強い香りが、部屋の黒々とした大気の中に満ちた。

黒い霧は、ひと筋の流れとなって、寒水翁の股間《こかん》のあたりに集まり、消えた。

「あなや」

寒水翁が、両手で尻を押さえて、そこに倒れ伏した。

倒れ、寒水翁は苦しげに悶《もだ》えている。

寒水翁の腹が、大きくぷっくりと膨らんでいる。

「寒水翁！」

博雅は駆け寄り、あわてて、懐から、晴明から預かった短剣を取り出し、それを引き抜いて、

「これを咥えよ。咥えるのだ」

寒水翁の口に咥えさせた。

寒水翁が、歯で強くそれを嚙むと、寒水翁の悶えるのがおさまった。

刃を内側に向けて、それを横に咥えているため、寒水翁の口の両端に傷がつき、血が流れ出した。

「放すな。そのまま咥えているのだ」

博雅が強い声で叫ぶ。

「晴明！」

博雅は叫んだ。

どうしたらよいのか。

「晴明」

このあとどのようにしたらいいのか、博雅にはもうわからない。

怯《おび》えた眼で、寒水翁が博雅を見あげている。

「放すなよ。放すな」

博雅は、寒水翁にそういうだけだ。

きりきりと歯を噛んで顔をあげた時、博雅はそこに人の姿を見た。

戸口に、安倍晴明が立って、博雅を見ていた。

「晴明!?」

博雅は声をあげた。

「おぬし、本当に晴明か?」

「すまぬ、博雅。山深くに入っておったのでな、こんなに時間がかかってしまった」

晴明は、すみやかに、博雅の傍に寄って、懐から草の束を取り出した。

「夏の草でな。この時期には、もうほとんど見つからぬものなのだ」

晴明は、言いながら、ひとつかみ、ふたつかみ草の葉をむしり取って、それを自分の口の中に入れて噛んだ。

しばらくそれを噛んでから取り出し、それを指先につまんで、寒水翁が咥えた刃と歯の間から、寒水翁の口の中に押し込んだ。

「飲み込むんだ」

晴明が言うと、ようように、寒水翁はそれを胃の中に飲み込んだ。

それを、数度、繰り返した。

「だいじょうぶだ。刃を咥えたまま、一刻も辛抱すれば、助かる」

晴明が、優しい声で言った。

寒水翁が涙をこぼしながらうなずいた。

「晴明よ、何なのだ、今飲ませたそれは？」

「天人草《てんにんそう》さ」

「天人草？」

「これも唐から渡ってきたものでな。吉備真備《きびのまきび》どのが、持ってきたと言われている。長安から蜀《しょく》へゆく途中の山道に多く生えていて、この倭国にも、今は少しながら自生している」

「む、む、……」

「長安から蜀に至る途中の山道は、尻から入って、人に害をなす妖物が多くてな。道をゆく者は、皆、身を守るため、天人草で造った吐精丸《とせいがん》を飲んで歩く。安史《あんし》の乱のとき、長安から蜀へ落《お》ちた玄宗皇帝も、その山中を通るおりにはこの吐精丸を飲んだそうな」

「しかし、今飲ませたのは――」

「吐精丸を丹練している時間がなかったのでな、直接葉を飲ませた。たっぷり飲ませたので、これでも充分効き目があろうよ」

一刻ほど後、ごろごろと、寒水翁の腹が鳴り出した。

「もうじきだな」

晴明がつぶやいた。

「何がじきなのだ」

博雅が問うた。

晴明が答える間もなく、寒水翁が、苦し気に身を押し揉《も》み始めた。

歯と刃の間から、苦しげなしゅうしゅうという呼気が洩《も》れる。

「だいじょうぶなのか？」

「だいじょうぶ。天人草が効いているのだ」

そして——

ほどなくして、寒水翁は、尻から一頭の獣をひり出した。

猟師につかまって、皮をはがれかけたことがあるのか、獣の腹のあたりに大きな刃物《はもの》傷《きず》がある。

それは、巨大な、黒い、歳経《としへ》た狢《むじな》の死骸であった。

解　説――安倍晴明とはそも何者なりや

夢枕　獏

安倍晴明のブームである。

しかも、このブーム、かなり以前からであり、長い。

ある一時、ブームは風のようにやってきて、風のように去ってゆく。ブームとは、本来そのようなものだ。

それを思う時、安倍晴明のこの人気は、ブームというよりは、もはや、『忠臣蔵』のごときものとして、日本の文化の中に定着しつつあるのではないか。

いったい、この安倍晴明人気、いつ頃から始まったのであろうか。

それを考える時に、忘れてならないのは、本書に登場いただいている荒俣宏の『帝都物語』であろう。

この、売れに売れた物語の中に、安倍晴明が登場する。

『帝都物語』によって、安倍晴明の名前を初めて知った方も多いことであろう。

〝いったい何者じゃい、この安倍晴明ちゅうのんは〟

かような問いとともに、安倍晴明の名前は、人々の脳裏にインプットされていったのではないか。

当時、ほぼ同時期に、ぼくは『オール讀物』に「陰陽師」のシリーズを書きはじめていたのだが、平成の晴明人気の初期インパクトを与えたのが何かということになれば、荒俣宏の『帝都物語』ということで異論はないところであろう。さらにつけ加えておくなら、荒俣宏は、『帝都物語』のはるか以前から、安倍晴明の紹介者であった。それを思えば、このブームの火付け役としての栄誉は、『帝都物語』に与えられて、しかるべきであろう。

小松和彦も、陰陽師や安倍晴明の早くからの紹介者であり、氏の『憑霊信仰論』等の著作は、多くのこのブームの担い手たちにインパクトを与えたのではないか。

そして、忘れてならないのが、この陰陽師や安倍晴明ブームの背後にあったもののことである。

それは、次なる三つのものである。

①平安時代人気。

②少女マンガ。

③少女小説。

わかり易くするために、三つにわけたが、この①②③は、ひとつのものである。

順を追って考察してゆけば、まず①として、〝王朝もの〟とでもいうべき、平安時代文学を核とする、文化ジャンルのごときものが、古くから日本文化の中にあったということである。これは、おもいきって書いてしまえば、『源氏物語』の根強い人気がその中心にあり、この文化の担い手は、多く、女性であった。送り手としては、瀬戸内寂聴、田辺聖子など、たくさんの名が挙げられる。

そして、①について言うなら、少女マンガ家たちは、早くからこの王朝もののおもしろさに気づいており、それをテーマにして作品を描き出していたのである。

さらに、追いうちをかけるように、集英社のコバルトシリーズから始まった少女小説の作品群の中に、平安ものが生まれていったのである。これを思う時に、忘れてならないのは、氷室冴子の『なんてすてきにジャパネスク』であろう。この作品のインパクトによって、ついに、少女たちの間に、安倍晴明を受け入れる準備が整ってしまったのである。

当時、時あたかも、伝奇小説ブームであり、超能力やら、魔法やら、ありとあらゆる超自然力をベースにした物語、ファンタジー小説が、巷《ちまた》にはあふれかえっていた。

つまり、これは、男の側から生まれたムーブメントであるといっていい。

女の側から生まれたムーブメントと、男の側から生まれたムーブメントのふたつがぶつかる接点にあったのが、〝安倍晴明〟というキャラクターであったのである。

この間には、占いブームの中で、風水という言葉も流行した。

ぼくは、幾つかのファンタジー系の新人賞の審査をしているが、毎回、必ずといっていいほど、最終審査に残ってくるのが――
①電脳もの。
②中国もの。
③異世界ファンタジーもの。
④王朝もの。
である。
④の王朝ものというのは、すなわち安倍晴明もの、陰陽師ものであるというケースがほとんどであった。
これらの応募作で、一時多かった〝魔道師〟という言葉が、今は、〝陰陽師〟という言葉にとってかわられつつあるというのもひとつの時代であろう。

こういった中で、安倍晴明もののアンソロジーを組むというのは、おおいに意義のあることではないかと思う。

以下、個々の作品について、簡単に触れてゆきたい。

高橋克彦「視鬼《しき》」

これは、四編目の加門七海とは好対照の作品。こちらは、老成期の安倍晴明が主人公である。短編ながら、その中で、話は、一転、二転、三転してゆき、読む者を休ませない。著者の晴明ものを、もっと読みたくなってしまうのである。

田辺聖子「愛の陰陽師」

ぼくは、田辺聖子の平安もののファンである。原典を読まずに、田辺聖子を読んで、原典を読んだつもりになってしまうという妙な癖があるのである。それが、ぼくにとっていいんだかよくないんだかわからないが、ともかく、田辺作品にはそういうところがあるのである。これは、『宇治拾遺物語』の晴明のエピソードを田辺聖子の筆で味わうという贅沢な一品。

荒俣宏「日本の風水地帯を行く――星と大地の不可思議――」

当然ながら、かようなるアンソロジーを編する時には、この作者の名ははずせない。現代日本に、風水思想がどこまで自然に定着しているかを知る上で、このくだりは手ごろである。

加門七海「晴明。――暁の星神――」

本来は長編なのだが、本書のためにその一部を収録させていただいた。少年時代の晴明を書くという、実に魅力的なテーマの作品である。たいへんにおいしい話であり、読者の方は、ぜひとも、本編の方も読んでいただきたい。

小松和彦・内藤正敏「鬼を操り、鬼となった人びと」

これも、ぼくの愛読書である『鬼がつくった国・日本』から、一部を収録させていただいた。陰陽師と平安時代の関わりを知るにはまことに便利な好著であります。収録部分のみならず、この本一冊は、この方面に興味がある方にとっては必読書である。

澁澤龍彦「三つの髑髏」

澁澤龍彦は、早くから安倍晴明の紹介者であった。本編は、花山院の過去世にまつわる三つの髑髏についての話である。似たエピソードが幾つも重ねられてゆくうちに、読者はだんだんと迷宮のごとき妖しの世界にひき込まれてゆき——最後のシーンがぼくはとても好きなのである。

夢枕獏『下衆法師《げすほうし》』

ぼくの「陰陽師」の中の一編。自分の作品なので解説は書けない。
というところで（この解説から読んでいる方も多いと思いますので）、七人の安倍晴明をたっぷりとお楽しみ下さい。

（文中、敬称を略させていただきました）

単行本　一九九八年八月　㈱桜桃書房刊

なお、単行本時収録の岡野玲子作「玄象といふ琵琶　鬼のために盗らること」は文庫にはしないという著者の意向により未収録とし、新たに澁澤龍彦「三つの髑髏」を収録いたしました。

文春文庫

七人《しちにん》の安倍晴明《あべのせいめい》

定価はカバーに
表示してあります

2001年11月10日　第1刷
2003年12月25日　第5刷

編著者　夢《ゆめ》枕《まくら》獏《ばく》
発行者　白川浩司
発行所　株式会社　文藝春秋
東京都千代田区紀尾井町3-23　〒102-8008
TEL　03・3265・1211
文藝春秋ホームページ　http://www.bunshun.co.jp
文春ウェブ文庫　http://www.bunshunplaza.com

落丁、乱丁本は、お手数ですが小社営業部宛お送り下さい。送料小社負担でお取替致します。

印刷・凸版印刷　製本・加藤製本
Printed in Japan
ISBN4-16-752806-1

文春文庫

ファンタジー・伝奇ロマン

（　）内は解説者

夢枕獏
鳥葬の山
チベットで鳥葬に立ち会ってからというもの、毎夜夢に現れる面妖な光景……。怪奇、幻想が広がる表題作ほか、「羊の宇宙」「渓流師」「超高層ハンティング」など七篇を収録。（中島らも）
ゆ-2-2

夢枕獏
陰陽師《おんみょうじ》 付喪神《つくもがみ》ノ巻
妖物の棲み処と化した平安京。魑魅魍魎何するものぞ。若き陰陽師・安倍晴明と盟友・源博雅は立ち上がる。胸のすく二人の冒険譚。ますます快調の伝奇ロマンシリーズ第三弾。（中沢新一）
ゆ-2-5

夢枕獏
陰陽師《おんみょうじ》 飛天ノ巻
都を魔物から守れ。百鬼夜行の平安時代、風水術、幻術、占星術を駆使し、難敵に立ち向う安倍晴明。なんと中世の闇のこっけいで、おおらかなこと！　前人未到の異色伝奇ロマン。
ゆ-2-4

夢枕獏
陰陽師《おんみょうじ》
死霊、生霊、鬼などが人々の身近で跋扈した平安時代。陰陽師安倍晴明は従四位下ながら天皇の信任は厚い。親友の源博雅と組み、幻術を駆使して挑むこの世ならぬ難事件の数々。
ゆ-2-1

柴田錬三郎
柴錬立川文庫（二）
真田幸村 真田十勇士2
家康にとって最も恐い敵は幸村だ。佐助をはじめ霧隠才蔵、三好清海入道たちが奇想天外な働きで徳川方を苦しめる。後藤又兵衛、木村重成も登場して、大坂夏の陣へと波乱は高まる。
し-3-2

柴田錬三郎
柴錬立川文庫（一）
猿飛佐助 真田十勇士1
猿飛佐助は武田勝頼の落し子だった。戸沢白雲斎に育てられ、忍者として真田幸村の家来となり、日本中を股にかけての大活躍。美女あり豪傑あり、決闘あり淫行ありの大伝奇小説。
し-3-1